어머니께 올리는 효성스러운 차가 이 세상에서 가장 좋은 차가 아닐까?

어머니는 차를 마시는 것이 아니라 자식의 정성을 마신다고 여기기 때문이다.

사진 어머니께 차를 올리는 먹기 조사 자공안상

정천주의 다인기행

茶人기행

정찬주의 다인기행

茶기행

옛사람의 차 한 잔 마음 한 잔

열림원

우뚝 솟은 바위산은 몇 길인지 알 수 없고

그 위 높다란 누대는 하늘 끝에 닿아 있네

북두로 길은 은하수로 밤차를 달이니

차 연기는 싸늘하게 달 속 계수나무를 감싸네.

―진각국사

옛사람의 차 한 잔, 마음 한 잔을 권하며

소박한 산중 생활 속에서도 봄이 되면 가장 기다려지는
일 중의 하나가 '차 나들이'이다. 묵은 차마저 떨어진
시기라 어디서 차를 빌려올 수도 없는 차 춘궁기이므로 곡우가 지나면 부푼 마
음으로 차 덖는 집을 찾아가게 된다.

순천의 다보원 차밭을 거쳐 섬진강 길을 타고 화개 골짜기 차밭을 갔다가 화
엄사 구층암에 들렀다 오는 것이 나만의 차 나들이 길이다. 꽃구경처럼 화려하
지도 않고, 명승을 유람하는 길도 아니지만 햇차를 한두 통 사고 마신다는 생
각에 소풍 가는 것처럼 가슴이 설렌다.

맑고 향기로운 차 한 잔을 마시기 위해 한 해를 보냈다는 느낌이다. 이때의
차 한 잔은 메마른 내 영혼을 적시는 그 무엇이라고나 할까. 차를 마시게 해준
이 세상의 모든 존재들에게 감사하지 않을 수 없다. 찻잎을 따고 만든 사람의
수고와 차를 기른 땅과 비와 햇살과 바람의 인연에 고마움을 느낀다.

차 나들이를 마치고 산중 처소로 돌아온 나는 마음이 충만해져 '올해는 지난
해보다 더 잘 살아야지' 하고 다짐한다. 차를 마시게 해준 인연들에게 거듭 감

사하며 혼자 미소를 짓는다. 하루를 시작하거나 하루를 접는 시각에도 대개는 그런 생각으로 차를 마시곤 한다.

나는 아직 차에 인이 박힌 차꾼이 못 돼서 그런지 차맛도 그리 까다롭지 않은 편이다. 차의 맛과 향이 찻잎의 산지와 만드는 사람의 내공에 따라 조금씩 차이가 나지만 나는 덕(德)과 인(仁)의 잣대로 차를 마시고 싶다. 차 마시는 마음도 천연(天然)을 잃지 않으려고 한다. 차 한 잔의 기쁨을 누리는 데 천연의 입과 마음으로 마시는 것 이상의 좋은 방법이 또 있을까.

이 책은 모 시사주간지에 2년 동안 연재한 글들을 모은 기행산문집이다. 고운 최치원부터 시작하여 초의선사와 춘원 이광수까지 다루었는데, 무려 50명의 다인들을 만난 셈이다. 차숲이나 다사(茶寺) 같은 차 유적지나, 절창의 다시(茶詩)나 차에 관한 산문을 남긴 다인들을 우선 선정했다. 서경덕이나 이언적 같은 몇 사람의 다인이 빠져 아쉽기는 하지만 그분들은 다음 기회로 미루었다.

차 유적지를 찾아가 다인들이 남긴 흔적을 들여다보는 화두는 '그들에게 차 한 잔의 의미는 무엇이었을까' 였다. 그래서 책의 부제를 '옛사람의 차 한 잔, 마음 한 잔' 이라고 달았다. 차 한 잔을 마시는 그들의 삶의 태도나 혼을 만나고서 나에게 돌아와 진정한 차 한 잔의 의미를 묻는다는 것이 기행의 마음가짐이었다.

놀랍게도 차 한 잔의 의미는 선가(禪家)의 울타리를 훌쩍 뛰어넘고 있었다. 다선일여(茶禪一如)라는 선가의 수행 방편을 넘어 차문화는 어느새 우리 한국 문화의 정점에 자리한 그물코 같은 유산이라는 것을 발견할 수 있었다. 다승

(茶僧), 다유(茶儒), 다의(茶醫), 다성(茶聖), 다선(茶仙), 다부(茶父), 다모 (茶母), 다불(茶佛), 다가(茶家), 다시(茶時) 등등 어디에나 접두사로 쓰이고 있는 것이 그 한 예였다.

이 책에 실린 다인들의 삶도 참으로 다양한 모습이었다. 알려진 것보다 더 노장(老莊)에 심취했던 최치원, 이자현, 김시습, 허균 등은 차의 청허함을 어찌 세상이 알겠는가 하며 은둔했고, 차씨가 구법승들에 의해 중국에서 들어오기도 했지만 오히려 신라의 차씨를 중국에 퍼뜨린 후 등신불이 된 지장법사가 있고, 수행과 중생제도의 방편으로 차를 마신 원효, 지눌, 혜심, 충지, 보우, 나옹, 함허, 휴정, 유정, 초의 스님 등이 있고, 차를 군자와 같이 여기어 가까이하고자 했던 고려 말의 이색, 정몽주, 길재, 그들로부터 도학(道學)의 맥을 이은 김종직, 이목, 기대승, 김장생, 이이, 송시열, 윤선도 등의 삶도 새롭게 바라보게 되었다. 그런가 하면 실학자 김육, 정약용 등은 차로 지친 심신을 다스렸고, 남종화의 양팽손, 김정희, 허백련 등은 차와 함께 서화잠심(書畵潛心)했으며, 차한 잔으로 영욕의 고단함을 씻고자 했던 신숙주, 이광수 등의 또 다른 내면 풍경도 흥미로웠다.

무엇보다 다인들을 만나면서 정복을 누렸던 것은 그들의 다시(茶詩)를 감상하면서 잃어버렸던 시심(詩心)을 되찾은 일이다. 차를 마시며 절창의 시 한 수를 읊조리는 것은 참으로 행복한 일이었다.

찻물 끓는 대숲 소리 솔바람 소리 쓸쓸하고 청량하니
맑고 찬 기운 뼈에 스며 마음을 깨워주네
흰 구름 밝은 달 청해 두 손님 되니
도인의 찻자리 이것이 빼어난 경지라네.

초의 스님의 《동다송》 중에 가장 좋아하는 구절인데, 찻물을 끓이는 동안 대숲과 솔바람 소리가 난다는 것은 웬만한 차꾼이라면 다 아는 사실이다. 그 쓸쓸하고 청량한 소리에 의식이 새록새록 깨어나고, 손님으로 흰 구름과 밝은 달을 불러들이니 이보다 더한 찻자리가 어디에 있을까.

이 책을 읽는 독자들도 비록 지금의 삶이 힘들고 고달픈 것이라 할지라도 절창의 다시 한 수를 외는 동안 지나간 어느 순간처럼 가슴이 촉촉해지고 따뜻해지기를 바라며, 거친 시대를 살면서도 자신의 몫을 다하고 간 옛사람의 차 한 잔, 마음 한 잔까지 전해져 삶의 위안과 지침을 얻을 수 있다면 좋겠다.

끝으로 이 책을 정성스럽게 만들어준 출판사 여러분의 노고에 감사드리고, 늘 우정 어린 눈으로 응원해주는 정중모 대표와 특히 말없이 편안한 얼굴로 동행해준 유동영 사진작가에게도 고마움의 말을 전하지 않을 수 없다. 당신의 일을 미뤄두고 본문 삽화를 흔쾌하게 그려주신 송영방 화백께도 다시 한 번 감사를 드린다.

2006년 봄날 이불재에서
정 찬 주

찻물 끓이며 대숲 소리 솔바람 소리 들으리
호남에서 만난 茶人

차 달이는 틈에 흰 구름 보는 것이 내 일이라네

영남에서 만난 茶人

달빛 아래 집 주변엔 차 연기 피어나고

경기·충청에서 만난 茶人

배고프면 밥 먹고 목 마르면 차 마시리

강원도에서 만난 茶人

찻물 끓는 대숲 소리 솔바람 소리 쓸쓸하고 청량하니
맑고 찬 기운 뼈에 스며 마음을 깨워주네
흰 구름 밝은 달 청해 두 손님 되니
도인의 찻자리 이것이 빼어난 경지라네.
─초의선사

찻물 끓이며
대숲 소리 솔바람 소리 들으리

호남에서 만난 茶人

차의 성품은 두말할 것도 없이 맑고 향기로운 것이다.
진정한 다인이란 차를 잘 마시는 사람이 아니라
차의 성품을 닮은 사람을 두고 하는 말이 아닐까.

차 마시며 어찌 진리를
이룰 날이 멀다고 하는가

두륜산의 햇살도 나그네처럼 발길을 재촉하고 있다. 햇살이 물러난 골짜기에는 벌써 산그늘이 머루 알 빛깔로 접히고 있다. 나그네는 서둘러 초의선사(草衣禪師)가 두륜산에 잠심(潛心)하며 열반할 때까지 머물렀던 일지암(一枝庵) 가는 산길로 곧장 오른다. 초의선사가 차를 마시며 선열에 잠겼던 다정(茶亭)이자 수행공간이던 일지암이라는 단어가 오늘은 예전과 다르게 다가온다. 한산(寒山)의 시에도 '일지(一枝)'라는 말이 나온다.

'내 항상 생각하나니 저 뱁새도 한 몸 편히 쉬기 한 가지에 있구나(常念焦瞭鳥 安身在一枝).'

작은 뱁새도 두 가지를 욕심내지 않고 한 가지에서 만족할 줄 안다는 지족(知足)을 말하고 있다. 초의도 한산이 누린 무소유의 경지에 이르고 싶었으리라. 그러나 미망을 좇는 사람들은 하나 이상을 욕심낸다. 집도 한 채가 아니라 두 채, 필요치 않은 군더더기에 집착한다. 나그네는 군더더기를 버리고 사는 게 무소유의 삶이라는 것을

차의 티끌 없는 정기를 다 마시거늘 어찌 대도를 이룰 날이 멀다고 하는가. 초의선사가 다선일여의 선열에 잠겼던 일지암

다시 깨닫는다.

다서(茶書)의 고전인《다신전(茶神傳)》과《동다송(東茶頌)》을 저술한 우리 차의 중흥조 초의는 정조 10년(1786) 나주목 삼향에서 태어나 고종 3년(1866)에 열반한 선승으로, 성은 장(張)이고 자는 중부(中孚)였다. 15세 때 강변에서 탁류에 휩쓸려 죽게 된 순간 부근을 지나던 승려가 건져주어 살아났는데, 그 승려의 권유로 16세에 남평 운흥사로 출가한 초의는 불경과 차(茶)와 탱화와 범패를 배우고, 이후 대흥사에서 구족계를 받고 20대 초반에 이미 불법을 통달하고 크게 깨닫는다. 24세 때는 강진으로 정약용을 찾아가 유서(儒書)를 받고 시부(詩賦)를 익힌다. 다산은 초의에게 "시를 배움에 있어 그 뜻을 헤아리지 않는 것은 썩은 땅에서 맑은 샘물을 길으려는 것과 같고, 냄새나는 가죽나무에서 향기를 구하는 것과 같다"고 시심의 근본을 당부한다. 그런데 다산은 훗날 해배의 명이 떨어져 한강변의 고향에 살면서 초의가 제자 된 지 두 달 만에 자신의 대의(大意)를 깨달았다(見明星悟 是弟二月)는 시를 남긴다.

16세의 명민한 초의가 운흥사로 출가한 것은 훗날 다성(茶聖)이 될 수밖에 없는 운명적인 인연이 됐다. 야생 차밭이 산재한 운흥사와 부근의 불회사는 그곳 수행승들에 의해서 다선불이(茶禪不二)의 선풍이 이미 전해지고 있었기 때문이다. 나그네는 우리 차를 찬양한 노래《동다송》중에서 가장 아름다운 한 구절을 읊조리며 초의선사를 떠올려본다.

> 찻물 끓는 대숲 소리 솔바람 소리 쓸쓸하고 청량하니
> 맑고 찬 기운 뼈에 스며 마음을 깨워주네
> 흰 구름 밝은 달 청해 두 손님 되니
> 도인의 찻자리 이것이 빼어난 경지라네.
> 竹松濤俱蕭涼
> 淸寒瑩骨心肝惺
> 惟許白雲明月爲二客
> 道人座上此爲勝

찻물이 끓는 동안 대숲과 솔숲을 스치는 바람 소리가 난다는 것은 차꾼이라면 모두 아는 사실이다. 그 청량한 소리에 의식이 새록새록 맑아지고, 흰 구름과 밝은 달을 불러 손님이 되니 이보다 향기로운 찻자리가 어디 있을 것인가. 차향에 취해 이 순간만은 무욕, 무아의 경지에 풍덩 빠지고 만다.

초의에게 진정한 다우(茶友)는 추사 김정희였다. 두 사람은 차를 법희선열식(法喜禪悅食)으로 마신 말띠 동갑지기였다. 추사가 초의에게 차를 보내주지 않는다고 윽박지르는 편지는 웃음을 자아내게 한다.

'어느 겨를에 햇차를 천리마의 꼬리에 달아서 다다르게 할 텐가.

차 한 잔 속의 향과 깊은 맛에 자신을 놓아버리자. 만 가지 천 가지의 말도 차 한
잔 마시는 것 밖에 있지 않다. 최고의 찻물을 자랑하는 일지암의 유천(乳泉)

(중략) 만약 그대의 게으름 탓이라면 마조의 고함(喝)과 덕산의 방망이(棒)로 그 버릇을 응징하여 그 근원을 징계할 터이니 깊이깊이 삼가게나. 나는 오월에 거듭 애석하게 여기오.'

초의가 무슨 차를 만들었기에 추사가 애타게 기다리며 엄포를 놓고 있는 것일까? 초의의 다맥을 이은 범해(梵海)의 〈초의다(草衣茶)〉라는 시에는 차 만드는 과정이 이렇게 나와 있다.

곡우절 맑은 날
노란 싹잎은 아직 피지 않았네
솥에서 살짝 덖어내어
밀실에서 잘도 말린다
잣나무 되로 모나거나 둥글게 찍어내고
죽순 껍질로 포장을 하여
바람 들지 않게 깊이 간수하니
한 잔 차엔 향기가 가득하다네.
穀雨初晴日　黃芽葉未開
空鐺精炒出　密室好乾來
栢斗方圓印　竹皮苞裏裁
嚴藏防外氣　一椀滿香回

이윽고 일지암에 올라 마루에 앉아본다. 암자도 볏짚의 풀옷(草

衣)을 입고 있다. 나그네는 문득 초의선사의 옷자락 속으로 들어간 느낌이다. 초의선사에게 묻는다. 스님에게 차 한 잔의 의미는 무엇이었냐고. 그러자 암자 옆의 누각에 있던 젊은 스님이 초의선사의 가풍을 잇고 있는 여연 스님의 '반야차' 한 잔을 권한다. 여연 스님이 직접 덖은 반야차를 마시자 산길을 오르며 헐떡이던 마음도 저잣거리의 헛된 꿈도 쉬어진다. 초의선사는 말했다.

'차의 티끌 없는 정기를 다 마시거늘 어찌 대도를 이룰 날이 멀다고 하는가(塵穢除盡精氣入 大道得成何遠哉)!'

그렇다. 차 한 잔 속의 향과 깊은 맛에 자신을 놓아버리자. 만 가지 천 가지의 말도 차 한 잔 마시는 것 밖에 있지 않다(萬語與千言 不外喫茶去)고 하지 않았던가. 석양의 햇살이 물러가는 두륜산의 먼 산자락이 선경(禪境)에 드는 관문처럼 그윽하기만 하다.

가는 길 해남 대흥사 성보박물관 옆에 있는 초의선사 동상을 먼저 둘러본 다음 곧장 산길을 따라 20여 분 오르면 초의선사가 40년 동안 머물렀던 일지암에 다다른다.

산골 물 달과 함께 길어
차 달여 마신다네

서산대사(西山大師: 1520~1604)

는 왜 자신의 가사와 발우를 대흥사에 보관하라고 제자 유정(사명당)과 처영에게 유언했을까? 자신의 말대로 대흥사가 '만세토록 훼손되지 않을 자리'여서 그랬을까? 대흥사 부도들은 경내 초입의 오른쪽 산자락에 있다. 서산대사와 초의선사의 부도도 수십 기의 부도들 중에서 한가운데에 자리하고 있다. 부도란 붓다의 한역이다. 비슷한 한자음을 차용한 말로서 원래는 붓다의 사리를 봉안한 조형물인데, 중국과 우리나라는 고승의 사리를 봉안한 곳도 부도 혹은 사리탑이라고 부른다.

청허당(淸虛堂)이라고 음각된 서산대사 부도(보물 1347호) 왼편 바로 뒤에 초의선사의 부도가 있다는 것이 나그네에게는 예사롭지 않게 보인다. 두 분은 다승으로서 사후에도 차 한 잔을 주거니 받거니 하고 있다. 대사는 '승려의 일생은 차 달여 조주(趙州)에게 바치는 것'이라고 했다. 여기서 '조주'란 조주의 가풍, 즉 조주선(趙州

낮에는 차 한 잔 하고 밤이 되면 잠 한숨 하고 푸른 산 흰 구름 더불어 무생의 일을 말함이여. 서산대사의 유품이 보관된 대흥사

80년 전에는 네가 나이더니 80년 후에는 내가 너로구나. 서산대사 부도(앞쪽)

禪)을 말한다. 대사가 살아생전에 다선일여의 경지를 읊조렸던 다
시(茶詩)다.

　　낮에는 차 한 잔 하고
　　밤이 되면 잠 한숨 하고
　　푸른 산 흰 구름
　　더불어 무생(無生)의 일을 말함이여.
　　晝來一椀茶
　　夜來一場睡
　　靑山與白雲
　　共說無生事

　　흰 구름은 옛 벗
　　밝은 달은 나의 삶
　　첩첩산중에서
　　사람 만나면 차를 권하리.
　　白雲爲故舊
　　明月是生涯
　　萬壑千峰裏
　　逢人卽勸茶

　　대사의 법명은 휴정(休靜), 호는 청허(淸虛)이고 서산대사는 별

호이다. 평안도 안주 출신으로 아명은 운학이었다. 9세 때 어머니를, 다음해에 아버지를 잃고 고아가 된 운학은 총명함을 인정받아 안주 목사 이사증(李思曾)을 따라 서울로 와 성균관에 입학하여 3년 동안 글과 무예를 익힌다. 그러나 과거에 낙방하고 친구들과 지리산을 여행하던 중 영관대사의 설법을 듣고 법열에 빠진다. 그리하여 산중 절에 기거하면서 여러 대승경전을 읽게 되고 마침내 숭인장로(崇仁 長老)를 스승으로 삼아 출가한다. 이후 명종 4년(1549)에 승과에 급제하고 난 후 선교양종판사가 된다. 그러나 대사는 선승의 길을 걷고자 승직을 버리고 금강산, 두류산, 태백산, 오대산, 묘향산에 있는 절로 찾아가 보임에 힘쓰고 제자들을 가르친다. 이때 대사는 불교의 중흥을 위해 선과 교를 제도상으로 통합하고자 '선은 부처님 마음이고 교는 부처님 말씀이다' 라는 유명한 말을 남긴다. 한때 정여립 모반사건에 가담했다는 연루설로 투옥되었으나 무고임이 밝혀져 석방되었는데, 선조가 그의 인품을 흠모하여 손수 그린 묵죽 한 폭을 하사하기도 했다. 이에 대사는 〈경차선조대왕어사묵죽시운(敬次宣祖 大王御賜墨竹詩韻)〉이라는 시를 올렸고 선조 또한 시 한 수로 화답했다. 임진왜란이 일어나자 선조는 의주로 피난하면서 신하를 묘향산으로 보내 나라의 위급함을 대사에게 알렸고, 대사는 전국의 절에 격문을 돌려 승려들이 구국에 나서도록 했다. 그 결과 대사와 제자들은 명군과 함께 평양을 탈환하였다. 이에 선조는 대사에게 팔도도

총섭이라는 직함을 내렸으나 대사는 나이가 많음을 이유로 제자 사명에게 물려주었다. 대사는 묘향산으로 물러나 1604년 1월 묘향산 원적암에서 설법을 마치고 자신의 영정을 꺼내어 뒷면에 '80년 전에는 네가 나이더니 80년 후에는 내가 너로구나'라는 시를 적고는 가부좌를 한 채 열반에 들었다.

열반에 들기 전 묘향산에서 지은 듯한 이 다시가 대사의 진면목이 아닐까 싶다.

스님 몇 명 있어
내 암자 앞에 집 지었구나
새벽종에 함께 일어나고
저녁 북에 함께 잠든다
산골 물 달과 함께 길어
차 달이니 푸른 연기 나고
날마다 무슨 일 의논하는가
염불과 참선일세.
有僧五六輩 築室吾庵前
晨鐘卽同起 暮鼓卽同眠
共汲一澗月 煮茶分靑烟
日日論何事 念佛及參禪

둥근 달은 초저녁의 산골 물에도 떠 있고, 대사는 그 물을 달과 함께 길어 와 차를 달여 마시고는 염불과 참선에 들고 있다. 염불의 구절은 부처님 말씀일 것이고, 참선은 부처님 마음을 응시하는 일일 것이다. 이 다시 속의 산골 물에 비친 둥근 달은 대사에게는 조주선, 즉 밝고 원만한 해탈의 경지가 아닐까 싶다.

가는 길 전남 해남읍에서 대흥사까지는 12킬로미터 거리이고, 827번 지방도로를 타고 직진하면 절에 이른다. 해남읍에서 대흥사 가는 버스가 수시로 운행되고 있다.

차로 심신을 추스르며
《목민심서》를 완성하다

다산초당으로 오르는 어귀에 이르자, 차의 그윽한 향이 걸음을 멈추게 한다. 바로 옆 전통찻집 안에서 차를 덖고 있음이 분명하다. 다인들은 차의 그윽한 향과 맛을 일컬어 차의 신, 즉 다신(茶神)이라고 한다. 그래서 차맛을 품평하면서(品茶) '다신이 있다 없다' 하는 것이다. 나그네는 뜻밖에 다신을 만난 셈이다. 정약용(丁若鏞: 1762~1836)의 영혼인 양 차의 혼백과 마주치다니 황홀하다. 정약용의 호가 다산(茶山)이 된 것은 지금 나그네가 오르고 있는 산의 이름에서 유래한다.

정약용이 40세 때 강진으로 유배 온 것은 23세 때 이복 맏형 약현(若鉉)의 처남 이벽(李檗)에게 천주교에 대한 이야기를 듣고 천주교 서적을 본 데서 비롯된다. 그러나 정조 15년(1791) 그의 나이 30세 때 천주교가 사교(邪敎)라 하여 노론의 주도로 박해가 시작되자, 그는 동복 형 약전과 함께 배교한다. 이후 정조의 두터운 신임을 받아온 정약용은 노론의 공격에도 벼슬을 거듭하다 정조가 승하한 후

다인들은 차의 그윽한 향과 맛을 일컬어 차의 신, 즉 다신(茶神)이라고 한다. 《목민심서》의 산실이 된 다산초당

차 많이 마셔 정기가 침해됨을 끝내 경계하여 앞으로는 단로를 만들어 신선 되는 길 배워
야겠네. 다산초당 마당의 차부뚜막

40세 되던 순조 1년(1801)에 체포되어 국문을 받는다. 이때 천주교 골수 신자인 셋째 형 약종과 이가환, 이승훈, 권철신 등은 사형당하고 둘째 형 약전은 신지도로, 그는 경상도 장기로 유배를 간다. 그러나 그해 10월 잠적해 있던 황사영이 체포되자 다시 국문을 받고 형은 흑산도로, 그는 강진으로 이배를 간다.

정약용은 동문 밖 밥집 노파의 호의로 골방을 하나 얻어 기거한다. 그는 처음 이삼 년 동안은 국문받은 몸의 후유증과 고향 생각에 술로 세월을 보낸다. 친인척과 선후배를 한꺼번에 잃은 비극과 자신만 살아남았다는 절망감으로 괴로워했던 것이다.

그런데 정약용은 밥집 노파의 한마디에 정신을 차린다. 노파가 어느 날 물었던 요지는 '부모의 은혜는 같은데 왜 아버지만 소중히 여기고 어머니는 그렇지 아니한가?' 였다. 생의 뿌리를 묻는 노파의 물음에 세상을 기피하려던 정약용은 '하늘과 땅 사이에서 지극히 정밀하고 미묘한 뜻이 밥을 팔면서 세상을 살아온 밥집 주인 노파에 의해서 겉으로 드러날 줄이야 누가 알았겠는가?' 하면서 크게 깨닫고는 흐트러져 있던 자신을 경계하게 된다.

정약용이 재기하는 또 하나의 사건은 혜장(惠藏)과의 우연한 만남이다. 백련사 주지 혜장과 밤새도록 마음을 주고받는 다담(茶談)을 나누며 차츰 다인이 되었고, 반면에 유서(儒書)에도 밝았던 혜장은 정약용을 만나 그가 애독하던 《논어》와 《주역》의 세계에 더 깊이 들

별다른 책 없고 꽃 피고 흐르는 물뿐이라네. 귤나무 숲에 비 개니 더욱 아름답고 바위 샘물 길어 찻병을 씻는다네.
다산이 서책을 쌓아두었던 송풍암

어갔던 것이다. 심신이 지칠 대로 지쳐 있던 정약용에게는 한 잔의 차야말로 심신을 추스르는 영약(靈藥)이 되었고, 훗날에는 《목민심서》를 비롯한 5백여 권의 서책을 마무리 짓게 한 저술삼매의 감로수가 되었던 것이다. 차를 좋아하게 된 정약용은 혜장에게 '병을 낫게 해주기만 바랄 뿐 쌓아두고 먹을 욕심은 없다오' 라는, 차를 보내달라고 조르는 걸명(乞茗)의 시를 보내기도 한다.

다산초당은 원래 초가였을 터이나 이제 기와로 덮여 있다. 정약용이 직접 판 샘 약천(藥泉)이나 차부뚜막인 다조(茶竈), 초당 왼편 위에 그가 '정석(丁石)' 이라고 새긴 바위, 제자들과 함께 만든 연지(蓮池) 등 초당의 네 가지 경치는 옛날 그대로이다. 이를 다산사경(茶山四景)이라 부르는데 이에 대한 정약용의 시가 전해지고 있다.

차부뚜막(茶竈)

　　푸른 돌 평평히 갈아 붉은 글자 새겼으니

　　차 끓이는 조그만 부뚜막 초당 앞에 있구나

　　반쯤 다문 고기 목 같은 아궁이엔 불길 깊이 들어가고

　　짐승 귀 같은 두 굴뚝에 가는 연기 피어나네

　　솔방울 주어다 숯 새로 갈고

　　매화 꽃잎 걷어내고 샘물 떠다 붓네

　　차 많이 마셔 정기(精氣)가 침해됨을 끝내 경계하여

　　앞으로는 단로(丹爐: 신선이 되는 화로)를 만들어 신선 되는 길

배워야겠네.

青石磨平赤字鐫　烹茶小竈草堂前
魚喉半翕深包火　獸耳雙穿細出煙
松子拾來新替炭　梅花拂去晚調泉
侵精瘠氣終須戒　且作丹爐學做煽

약천(藥泉)

옥정에 흐레는 없고 모래만 깔렸으니

한 바가지 떠 마시면 찬하(餐霞 : 신선이 먹는 안개)보다 상쾌하다오

처음엔 돌 틈의 승장혈을 찾았는데

도리어 산중에서 약 달이는 사람이 되었네

길을 덮은 연한 버들 비스듬히 물에 떠 있고

이마에 닿은 작은 복숭아 거꾸로 꽃을 달고 있네

담도 삭이고 묵은 병도 낫게 하는 약효는 기록할 만하고

나머지 또 길어다가 벽간차(碧磵茶) 끓이기에 좋다오.

玉井無泥只刮沙　一瓢蝌取爽餐霞
初尋石裏承漿穴　遂作山中煉藥家
弱柳蔭蹊斜汎葉　小桃當頂倒開花
消痰破癖功堪錄　作事兼宜碧磵茶

연지석가산(蓮池石假山)

갯가의 괴석 모아 산을 만드니

진짜 산보다 만든 산이 더 멋있구나

가파르고 묘하게 앉힌 삼층탑 산

오목한 곳 모양 따라 한 가지 소나무를 심었네

서리고 휘감긴 묘한 모습 돌(芝鳳)을 쭈그리고 앉힌 듯

뾰족한 곳 얼룩 무늬 죽순(籜龍)이 치솟은 듯

그 위에 산 샘물을 끌어다 빙 둘러 만든 연못

물 밑 고요히 바라보니 푸른 산빛이 어렸구나.

沙灣怪石聚爲峯　眞面還輸飾假容

巉巖巧安三級塔　窊谺因揷一枝松

蟠廻譎態蹲芝鳳　尖處斑文聳籜龍

復引山泉環作沼　靜看水底翠重重

정석(丁石)

죽각(竹閣) 서편 바위가 병풍 같으니

부용성 꽃주인은 벌써 정 씨에게 돌아왔네

학이 날아와 그림자 지듯 이끼 무늬 푸르고

기러기 발톱 흔적처럼 글자는 이끼 속에 뚜렷하다

미로(米老)처럼 바위를 경배하니 외물(外物)을 천시한 증거요

도잠처럼 바위에 취했으니 제 몸 잊은 것을 알리라

부암(傅巖)과 우혈(禹穴)도 흔적조차 없어졌는데

무엇 하러 구구하게 또 명(銘)을 새기리오.

竹閣西頭石作屛　蓉城花主已歸丁

鶴飛影落苔紋綠　鴻爪痕深字跡靑

米老拜時徵傲物　陶潛醉處憶忘形

傅巖禹穴都蕪沒　何用區區又勒銘

　약천 물로 목을 축이고 나서 정약용이 흑산도에 있는 형 약전을
그리워하며 앉곤 했던 자리, 강진만이 한눈에 내려다보이는 천일각
(天一閣)으로 가서 정약용의 〈귤나무 숲(橘林)〉이란 다시를 읊조
려본다.

　초당에 별다른 책 없고
　꽃 피고 흐르는 물뿐이라네
　귤나무 숲에 비 개니 더욱 아름답고
　바위 샘물 길어 찻병을 씻는다네.

都無書籍貯山亭

唯是花經與水經

頗愛橘林新雨後

巖泉水取洗茶甁

　정약용은 제자에게 말했다. '동트기 전에 일어나라. 기록하기를

좋아하라.' 나그네는 정약용이 자기 질서를 지키고자 날마다 다짐했던 맹세의 말이라는 것을 안다. 그가 실학을 집대성한 대학자가 된 것은 바로 자신과의 약속을 몸부림치며 지켜냈기 때문이라고 믿는다. 글을 밥 삼아 쓰는 나그네에게도 울림이 큰 말이다.

가는 길 강진읍에서 다산초당으로 가는 길은 두 가지다. 하나는 백련사에서 쉬엄쉬엄 20여 분가량 걷는 오솔길이 있고, 또 하나는 만덕리 귤동에서 바로 10분 정도 오르는 길이 있다.

혜장선사 강진 백련사

다산도 홀딱 반한
차 만드는 솜씨

동백꽃이 굵은 눈물처럼 뚝 떨어진
다. 작은 부도 앞에도 낙화한 동백꽃들이 흩어져 있다. 나그네는 백
련사 왼쪽 동백나무 숲에서 강진만을 눈에 담는다. 산자락 사이로 보
이는 바다가 찻잔처럼 아담하다. 술병이 나 일찍 요절한 아암(兒菴)
혜장(惠藏: 1772~1811)은 영문 V자로 보이는 저 바다를 술잔이라
했을지도 모른다.

혜장은 다산에게 차의 맛을 처음으로 깊이 알게 한 선사이다. 반
대로 다산은 백련사 주지였던 혜장이 만든 차에 홀딱 반한 사람이었
다. 다산이 혜장을 만난 사연은 해남 대흥사에 있는 혜장선사 탑 비
문에 나와 있다. 아암장공탑명(兒菴藏公塔銘)이라 하는데 다산이
지은 글이다.

'신유년(1801) 겨울에 나는 강진으로 귀양을 왔다. 이후 5년이 지
난 봄에 아암이 백련사에 와서 살면서 나를 만나려고 하였다. 하루
는 시골 노인의 안내를 받아 백련사로 가 신분을 감춘 채 혜장을 찾

아보았다. 한나절을 이야기하였지만 그는 나를 알아보지 못하였다. 작별하고 대둔사 북암에 이르렀는데, 해질 무렵 아암이 헐레벌떡 뒤쫓아와서 머리를 숙이고 합장하여 말하기를 "공께서 어찌하여 사람을 속이십니까? 공이 바로 정대부(丁大夫) 선생이 아니십니까? 빈도는 밤낮으로 공을 사모하였습니다" 하였다. 그리하여 다시 백련사로 돌아와 아암의 방에서 함께 자게 되었다.'

밤새 차를 마시며 서로가 《주역》에 대해 이야기했는데, 혜장은 입에서 구슬이 구르듯 물이 도도하게 흐르듯 막힘이 없었다. 혜장은 일찍이 대둔사(지금의 대흥사)로 출가하여 나이 30세에 두륜회(학승들의 학술대회)의 주맹(主盟)이 될 만큼 불교와 유교에 밝은 승려였던 것이다. 그러나 혜장은 유학에서는 다산의 깊이를 넘어설 수 없었다. 밤이 늦어서야 혜장이 처량하게 탄식했다.

"산승(山僧)이 20년 동안 《주역》을 배웠지만 모두가 헛된 거품이었습니다. 우물 안 개구리요, 술 단지 안의 초파리 격이니 스스로 지혜롭다 할 수 없습니다."

이때 혜장은 34세, 다산은 44세였는데 이후 두 사람은 다우(茶友)가 되어 자주 만난다. 혜장은 다산을 강진 동문 밖 시끄러운 노파의 밥집에서 강진현의 주산(主山)인 소머리 형상을 한 우두봉(牛頭峰)의 고성암 요사로 옮겨 독서도 하고 차도 마시게끔 하여 혹독한 국문으로 생긴 지병이 낫도록 도움을 준다. 그래서 다산은 고성암 요

타협할 줄 모르고 자존심 강한 혜장에게 다산이 "자네도 어린아이처럼 유순할 수 없겠나?" 하고 충고하자, 혜장은 그때부터 호를 아암(兒菴)이라고 지어 불렀다. 혜장선사와 정약용이 우연히 만났던 백련사

사에 보은산방(寶恩山房)이란 편액을 내걸었다. 혜장은 백련사 부근에 자생하는 어린 찻잎으로 차를 만들어 보은산방에서 그곳 승려들에게 《주역》을 가르치는 다산에게 보내주곤 했다.

어느 새 차꾼이 된 다산은 혜장에게서 차가 오지 않을 경우 차를 간절하게 달라고 하는 걸명(乞茗)의 시를 지어 보내기도 하고, 〈혜장이 날 위해 차를 만들었는데, 때마침 그의 제자 색성(賾性)이 주었다 하여 보내주지 않았으므로 그를 원망하는 말을 하여 (차를) 주도록 끝까지 요구하였다〉라는 긴 제목의 시를 남긴 것을 보면 혜장의 제다(製茶) 솜씨가 어떠했는지 짐작이 간다.

혜장의 호가 아암이 된 연유는 이렇다. 타협할 줄 모르고 자존심이 강한 혜장에게 하루는 다산이 "자네도 어린아이처럼 유순할 수 없겠나?" 하고 충고하자, 혜장은 그때부터 호를 아암(兒菴)이라고 지어 불렀다. 혜장은 술병이 나 죽기 전 자신의 회한을 읊조린 시 한 편을 다산에게 보내준다.

백수(참선) 공부로 누가 깨달았나
연화세계는 이름만 들었네
외로운 노래는 늘 근심 속에서 나오고
맑은 눈물은 으레 취한 뒤에 흐르네.
柏樹工夫誰得力

蓮花世界但聞名

孤吟每自愁中發

淸淚多因醉後零

    혜장은 죽을 무렵에 혼잣말로 '무단히(부질없이) 무단히'라고 중얼거렸고 한다. 불학(佛學)에는 일가를 이루었으나 부처에는 이르지 못한 자신의 삶이 부질없었다는 회한이었으리라. 다산은 혜장이 죽자, 만시(輓詩)를 지어 조문을 갔다. 다산의 만시를 보면 혜장을 다비하고 난 전후의 풍경이 보인다. 혜장의 시신을 다비하고 나자, 비가 내렸던 모양이다. 한 줌의 재마저 비에 씻겨 사라지는데, 그것이 서러워 어린 사미승들이 통곡하고 있다. 혜장과 이별하는 다산의 심사도 허허롭기만 하다.

    중의 이름에 선비의 행위여서 세상이 모두 놀랐거니

    슬프다, 화엄의 옛 맹주여

    《논어》한 책 자주 읽었고

    구가(九家)의《주역》상세히 연구했네

    찢긴 가사 처량히 바람에 날려가고

    남은 재 비에 씻겨 흩어져버리네

    장막 아래 몇몇 사미승

    선생이라 부르며 통곡하네.

외로운 노래는 늘 근심 속에서 나오고 맑은 눈물은 으레 취한 뒤에 흐르네.
혜장선사(앞), 서산대사(중앙), 초의선사(뒤) 부도

제자인 사미승들이 스승 혜장을 대사(大師)나 선사(禪師)라 하지 않고, 만시에서 보듯 '선생'이라 부른 것은 무엇을 의미하는 것일까? 선생이란 유학에 달통한 사람에게 주어지는 호칭이 아닐 것인가.

다산이 인정한 유불(儒佛)에 달통한 천재였음에도 불구하고 술병이 나 40세에 요절한 혜장의 삶이 아쉽기만 하다. 아쉬움을 달랠 겸 백련사 다실에서 투명한 유리잔에 노란 빛깔의 '달빛차'를 한 잔 하고 백련사를 떠나려는데 자꾸만 눈길이 동백나무 숲에 머문다. 낙화한 동백꽃들이 죽기 전의 혜장처럼 '무단히, 무단히' 중얼거리고 있는 것만 같다.

그러나 나그네는 차를 마시게 함으로써 다산을 일으키게 한 혜장의 삶이 '무단히'라고는 생각지 않는다. 혜장의 차가 없었더라면 다산이 몸을 추스르고 재기할 수 있었을까? 그는 어둔 밤하늘의 혜성처럼 짧지만 눈부시게 살다 간 선교 양종의 거목이자 다산이 쓴 그의 묘비명대로 유학의 대가였던 것이다.

가는 길 백련사는 강진읍에서 가까운 도암면 만덕리에 있고, 다산초당 가기 전에 있다. 다산초당에서도 백련사로 가는 오솔길이 나 있다.

거친 차와 궂은 밥도
더 먹지 못하겠네

땅끝마을 부두에서 오랜만에 뱃고
동 소리를 듣는다. 배 한 척이 심호흡을 하고 있다. 서둘러 배에 오
른 나그네는 바닷바람을 쐬며 남인 가문에서 태어나 20여 년의 유배
와 19년의 은거 생활을 한 고산(孤山) 윤선도(尹善道: 1587~1671)
의 일생을 떠올려본다.

그의 시련은 나이 30세에 성균관 유생의 신분으로 조야(朝野)를
깜짝 놀라게 한 상소를 올림으로써 시작된다. 서인 이이첨 등의 죄
상을 격렬하게 규탄하는 〈병진소(丙辰疏)〉를 올렸다가 오히려 반격
을 받아 함경도 경원으로 유배를 갔던 것이다. 이후에도 그는 집권
세력인 서인의 난정에 맞서 왕권강화를 주장하다 번번이 좌절하곤
한다. 이를 보면 그의 기질은 차를 즐긴 조용한 품성에다 타고난 반
골이었던 것이 분명하다.

나그네는 윤선도의 삶이 실패했다고는 생각지 않는다. 끊임없는
좌절 속에서도 그는 끝내 타협하지 않았고, 〈어부사시사〉, 〈오우가〉

등 많은 단가와 시조를 남겨 정철(鄭澈)과 박인로(朴仁老)와 더불어 조선시대 삼대 가인(歌人)으로 불려지고 있다.

윤선도는 권력지향적인 선비들에게 실망한 나머지 자연귀의를 갈망하게 된다. 그의 귀의처는 관향(貫鄕)인 해남 금쇄동과 보길도 부용동이었는데, 그에게 있어 시(詩)와 차(茶)는 자연과의 합일을 위한 매개체였으리라. 그의 나이 65세 때 송파거사(松坡居士: 이해창)에게 써 보낸 시 말미의 '차나무 꽃(山茶花) 피면 만나고 싶다'는 추신도 그런 느낌을 준다.

'신음(呻吟)기가 좀 나아서 내가 먼 옛날에 하던 일을 더듬어 추억하면서 내 몸 건강관리에 온갖 힘을 다하고 있소. 바다 위에 옛적 지켜오던 곳을 부용동이라 하고 살고 있는 집터를 금쇄동이라 이름 하였소. 낙서재는 부용동 옛집이고 휘수정은 금쇄동의 조그마한 정자라오. 어느 때에야 서로 만나서 얘기를 나누며 달빛 아래서 한 잔 술의 즐거움을 나눌 것인가. 부용동 산골 차나무 꽃 활짝 필 때나 한 번 만났으면 좋겠소.'

윤선도가 보길도를 처음 찾은 것은 51세 때였다. 병자호란으로 강화도에 피난 중인 원손대군과 빈궁을 구출하고자 가복 수백 명을 배에 태우고 갔으나 왕자 등이 이미 붙잡혀 간 뒤라 선수를 돌려 제주도로 내려갈 결심으로 항해하던 중 태풍을 만나 보길도에 닻을 내리고 격자봉 계곡을 찾아 들어가 그곳 일대를 부용동이라 이름 짓고

어느 때에야 서로 만나서 얘기를 나누며 달빛 아래서 한 잔 술의 즐거움을 나눌 것인가.
부용동 산골 차나무 꽃 활짝 필 때나 한번 만났으면 좋겠소. 윤선도가 조성한 보길도 세연정

집을 지어 낙서재(樂書齋)라 하였다. 이후 해남 금쇄동을 오가며 은거하다가 그의 나이 66세에 효종의 친서를 받고 실로 18년 만에 상경한다. 그는 승정원 동부승지에 이어 예조참의로 특별히 임명되지만 그를 배척하는 서인의 모함에 맞서 칭병(稱病)을 하며 남양주 고산촌(孤山村)에 머물다 곧 해남으로 돌아가고 만다. 고산촌에 머문 인연으로 호가 고산이 되었고, 이때의 심정을 읊조린 다시 한 편이 전해지고 있다.

가파른 산이 인가에 가까우니 풍속도 경박하구나
착하고 아름다운 그대 말씀 일찍이 자랑했네
좌우 둘레는 첩첩 높은 산봉우리 솟았고
앞뒤로는 긴 모래밭 펼쳐 있네
조그만 집 짧은 울타리 겨우 힘들여 장만했는데
거친 차(麤茶)와 궂은 밥도 더 먹지 못하겠네
끝내 뜻 맞지 않아 기대한 희망 멀어졌으니
오래도록 부용동 옛집이나 추억하려네.

山近人寰俗自賖　景休君說我曾誇
周遭秀發千重峀　面背縈紆十里沙
小屋短籬如辨得　麤茶糲飯不須加
終然未愜心期遠　長憶芙蓉洞裡家

서인들의 횡포로 조정이 잘못돼가도 어찌할 도리가 없으니 차라리 부용동으로 돌아가 동천석실(洞天石室)에 앉아 차 마시며 선비의 지조를 지키고 싶다는 시가 아닐 수 없다.

보길도 선착장에 내려 곧장 부용동으로 올라가 계곡물이 휘돌아 흐르는 세연정(洗然亭)을 들렀다가 보길도의 주봉인 격자봉 아래 자리 잡은 낙서재 터를 둘러본다. 안내를 자청한 보길도 토박이 '외섬(孤島) 노인'이 "바로 저 곡수당(曲水堂) 위쪽 산자락을 차낭골이라고 합니다. 야생 차나무가 숲을 이루며 자라던 곳이었지요"라고 말한다.

호남 사투리로 나무를 '낭구'라고 하니 차낭은 차나무가 맞다. 낙서재에서 유서(儒書)를 읽다가 눈이 침침해지면 맞은편 산 중턱에 있는 동천석실로 올라가 차를 마셨을 법하다. 부용동 8경 중에 '동천석실의 저녁 연기(洞天石室暮煙)'가 있다.

실제로 땀을 흘리며 동천석실을 올라보니 숙박취사를 할 수 없는 작은 정자로, 저녁 연기가 모락모락 피어올랐다면 차 달이는 연기가 틀림없었을 듯하다. 석실 앞에는 둥글고 단단한 차부뚜막이었던 바위가 있고, 찻물을 길었던 석천(石泉)이 있기 때문이다.

윤선도는 오우(五友), 즉 물과 바위와 솔과 대나무와 달이라는 자연을 벗 삼아 선비로서 수신(修身)을 게을리 하지 않았고, 자연은 그런 그에게 이슬과 바람과 햇볕, 그리고 하늘과 땅의 기운을 품은

자연을 벗 삼아 선비로서 수신을 게을리 하지 않았던 그에게 자연은 이슬과 바람과 햇볕, 그리고 하늘과 땅
의 기운을 품은 차를 선사했다. 윤선도가 차를 즐겨 마셨던 동천석실과 차부뚜막

차를 선사했던 것 같다. 그러니 그가 보길도를 찾아 은거했던 것을 두고 현실도피나 가진 자의 풍류로만 잘못 해석해서는 안 된다.

가는 길 해남 땅끝마을 부두에서 대략 두 시간 간격으로 보길도 가는 배가 있다. 보길도까지는 한 시간 정도 소요되고 승용차도 함께 승선할 수 있다.

차 한 잔에
말년의 고독을 달래고

진도는 삼별초의 한이 서린 섬이
다. 지금 나그네가 넘고 있는 고개 이름도 왕의 비원이 서린 고개라
하여 '왕고개'다. 지금도 왕의 무덤이 남아 있는데, 삼별초가 주군
으로 섬긴 왕온(王溫)은 소수의 삼별초 군사로 1만여 명의 여몽연합
군에 맞서 10여 일 동안 격렬하게 항전하다 이곳에서 죽임을 당하고
만다.

나그네는 왕고개에서 다시 승용차를 타고 상록수림이 울창한 첨
찰산으로 달린다. 첨찰산에는 고찰 쌍계사와 운림산방(雲林山房)이
돌담을 사이에 두고 있다. 운림산방은 소치(小癡) 허련(許鍊)이 말
년에 은거한 작업실이다. 소치 가문은 이곳에서 아들 미산(米山) 허
형(許瀅), 손자 남농(南農) 허건(許楗)으로 대를 이어 남종화(南宗
畵)의 진경을 보여준다.

소치는 조선 순조 9년(1809) 가난한 집에서 태어나 초년부터 해남
의 윤선도 고택에 초동으로 들어가 살면서 그림과 인연을 맺는다.

윤선도의 고택에는 문인화가 윤두서의 그림과 화첩이 있어 전통화풍을 익힐 수 있었다. 어린 소치가 차를 알게 된 것은 윤선도 고택에서 가까운 대흥사 일지암의 초의선사를 찾아가 살면서부터였다. 초의는 시서화(詩書畵)에다 차까지 일가를 이룬 선사였는데, 암자의 자잘한 일을 돕는 다동(茶童)이 필요했던 터라 어린 소치를 맞아들였다.

어린 소치는 그림을 배우기 위해 초의가 시키는 대로 다 했다. 봄이 되면 하루 종일 산으로 나가 야생 찻잎을 따야 했고, 초의가 그 찻잎을 가마솥에 덖어 내놓으면 그것을 비비고 말렸다. 지방관리나 추사 김정희 같은 한양의 손님이 오면 마당 한쪽에서 차솥 밑에 솔방울을 모아 찻물을 끓이는 일도 도맡아 했다. 20대가 된 청년 소치는 다인으로서 갖추어야 할 공부만 했을 뿐 그림 수업은 깊게 하지 못했다. 그에게 전기가 온 것은 초의가 소치의 재주를 인정하여 한양의 추사에게 소개한 후부터였다.

그는 헌종 5년(1839) 31세가 되어 추사 문하에서 본격적으로 서화를 배웠는데, 추사에게서 중국 대가들의 구도와 필법을 익혔다. 그는 원나라 말기 산수화의 대가인 대치(大癡) 황공망(黃公望)의 화풍을 익힌 후, 자신의 호를 소치라고도 하였는데, 이때 추사는 "압록강 동쪽으로 소치를 따를 만한 화가가 없다"거나 "소치의 그림이 내 것보다 낫다"고 평했다. 헌종 12년(1846)에는 권돈인(權敦仁)의 집

작가에게는 사교의 시간보다 사색과 고독의 시간이 더 적실한 것이다. 소치가 은둔했던 운림산방

차 한 잔에 자족했던 소치의 정신이란 청빈함과 소박함이 아닐까? 운림산방의 조촐한 방

에 머무르면서 그린 그림을 헌종에게 바쳐 여러 차례 왕을 알현한 뒤 궁중화가가 되었고, 벼슬도 지중추부사(정2품의 무관직)가 되었다. 시서화에 뛰어나 삼절(三絶)로 칭송받았으며, 해남우수사 신관호, 다산의 아들 학연, 민승호, 김흥근, 정원용, 홍선대원군 이하응, 민영익 등과 교우했다. 스승 추사가 제주도로 유배를 가 있는 동안 그는 초의가 만든 차를 가지고 세 번씩이나 위험을 무릅쓰고 바다를 건너가 스승을 위로하기도 했다.

추사가 1856년에 죽고 나자, 소치는 다음해 한양을 떠나 고향 진도로 돌아와 운림산방을 짓고 은거한다. 자신의 이름도 남종화와 산수수묵화의 효시인 중국의 왕유를 본떠 허유라고 개명한다. 서울대 박물관에 소장된 그의 대표작 〈선면산수도(扇面山水圖)〉 등이 삼절로 칭송받던 한양 시절의 작품이 아니라 말년의 서화인 것을 보면 시사하는 바가 크다. 작가에게는 사교의 시간보다 사색과 고독의 시간이 더 적실한 것이다.

소치에게 차 한 잔은 말년의 고독을 달래주는 도반이었을 터이다. 곤궁해진 그에게 차는 1892년 84세로 죽을 때까지 계속해서 그림을 그릴 수 있게 한 감로수가 아니었을까. 그가 아들에게 남긴 유서의 한 대목이 더욱 그런 생각이 들게 한다.

'자고로 이름난 사람들을 보아라. 죽을 때까지 불우하여 곤궁하게 지냈다. 내가 일세에 삼절이라는 이름을 얻었으나 내 분수에 넘치는

일, 어찌 그 위에 부귀를 구했겠느냐.'

소치는 진도에 은거하면서 부귀를 구하는 대신 차를 마시며 화가로서 주어진 몫을 다했던 것이다. 소치의 그림자는 아직도 진도 땅에 드리워져 있다. 진도 출신의 화가나 서예가가 많은 것도 붓 한 자루를 가지고 자신의 꿈을 이룬 소치의 영향일 터이다. 나그네가 잘 아는 진도 출신의 김양수라는 화가의 그림도 알게 모르게 소치의 덕화(德化)를 입었음인지 시정(詩情)이 절제된 남종화의 격조와 품위를 유지하고 있다. 그림 속에 선(禪)적인 해학과 서사(敍事)도 있어 은근한 매력을 풍긴다.

운림산방을 복원하여 보전하는 행정당국의 노력이 가상하다. 손을 보는 김에 소치의 정신을 느끼게 하는 복원이 됐으면 좋겠다. 부귀를 구하지 않고 차 한 잔에 자족했던 소치의 정신이란 청빈함과 소박함이 아닐까? 알맹이 없이 크고 번드레한 복원은 소치의 정신을 왜곡하는 것이리라.

가는 길 진도대교를 건넌 다음 진도읍으로 가서 의신면 쪽으로 직진하면 천연기념물로 지정된 상록수림의 첨찰산이 보이고 소치가 은거했던 운림산방이 나타난다.

효심을 담아 올린
최고의 차 한 잔

화엄사 매표소를 막 지나니 오른

편 다리 입구에 조그만 안내판이 보인다. 안내문에는 우리나라에서

최초로 화엄사 장죽전(長竹田)에 차를 심었다는 글이 실려 있다. 그

런데 하동 쌍계사 옆에도 차 시배지라는 기념 석물이 있어 도대체

어느 곳이 맞는지 헷갈린다.

오늘은 화엄사 측의 주장을 들어본다. 화엄사의 창건주는 연기조

사(緣起祖師)다. 1979년에 신라백지묵서대방광불화엄경(新羅白紙

墨書大方廣佛華嚴經)이라는 사경이 발견됨으로써 화엄사의 창건연

대와 창건주가 분명하게 밝혀진 바 있다. 사경이 발견되기 전까지만

해도 화엄사가 신라 진흥왕 때 창건됐으며, 창건주 연기조사는 인도

의 승려라는 설이 전해져왔는데, 사경의 발문에 의해 연기조사는 황

룡사 출신 승려이며 경덕왕(742~765) 때의 인물이라는 사실이 고증

된 것이다.

1936년에 편찬된 《대화엄사사적》을 보면 인도의 고승 연기조사가

부모는 자식이 우려준 차를 이 세상에서 최고의 차로 알고 마신다.
부모는 차를 마시는 것이 아니라 자식의 정성을 마시는 것이다. 연기조사가 어머니에게 차를 올리는 모습

화엄사를 창건하고 장죽전에 차를 심었다는 기록이 나온다. '인도의 고승'이란 기록은 틀린 부분이나, '장죽전에 차를 심었다'는 구절은 눈길을 끈다. 연기는 의상의 제자로서 중국에 들어가 화엄학을 공부하고 돌아오면서 차씨를 가져와 절 주위에 심었을 개연성도 있기 때문이다.

《삼국사기》에는 흥덕왕 3년(828)에 사신 대렴(大廉)이 중국에서 차씨를 가져와 지리산에 최초로 심었다는 기록이 있다. 막연하게 지리산으로 기록되어 시배지 논란이 끊이지 않고 있다. 《통도사사리가사사적약록(通度寺舍利袈裟事蹟略錄)》에 '대렴이 중국에서 가져온 차 종자를 장죽전에 심게 하였다'라는 기록이 장죽전에 차씨를 심었다는 근거가 되고 있다.

나그네는 다리를 건너 장죽전을 둘러본다. 새로 지은 정자가 두 채 있고, 대렴이 차를 심었다는 기념물이 세워져 있다. 화엄사에는 야생 차밭이 이곳 장죽전 말고도 효대(孝臺) 서남쪽과 구층암 천불전 뒷산에 넓게 퍼져 있다고 한다. 효대란 연기조사가 어머니에게 차를 올리는 효성스러운 모습의 석물이 조각되어 있어 붙여진 이름이다. 효대의 역사는 대각국사 의천의 시대 이전으로 거슬러 올라간다. 의천의 시에 효대가 나온다.

적멸당 앞에는 경치도 빼어나고

길상봉 높은 봉우리 티끌도 끊겼네
종일 사색하며 지난 일 생각하니
날 저물고 가을바람 효대에 몰아치네.

　적멸당이 지금의 탑전을 말하는지는 모르겠지만 현재의 탑전은
화엄사 도량 가운데 유일하게 섬진강 한 자락이 보이는, 전망과 경
치가 빼어난 자리이다. 길상봉은 효대에서 보이는 어느 한 봉우리이
리라.
　연기조사가 자신을 낳아준 어머니에게 차를 공양하는 모습은 언
제 보아도 감동을 준다. 나그네는 또다시 효대로 가기 위해 발걸음
을 옮긴다. 나그네도 늘 경험하곤 하지만 부모는 자식이 우려준 차
를 이 세상에서 최고의 차로 알고 마신다. 나그네는 부모의 차 마시
는 모습이 보기 좋아 아침저녁으로 매일 함께 음다(飮茶)의 시간을
갖고 있는데, 부모는 차를 마시는 것이 아니라 자식의 정성을 마시
는 것이 분명하다.
　이윽고 나그네는 장엄한 각황전을 지나 국보 35호로 지정된 사사
자삼층석탑(四獅子三層石塔)이 선 효대에 이른다. 네 마리의 사자
가 사방에 앉아서 비구니스님이 된 연기조사의 어머니를 지키고 있
으며, 머리로는 부처를 상징하는 삼층의 석탑을 떠받들고 있다. 이
석탑 정면에 연기조사가 어머니를 향해 무릎 꿇고 한 손에 찻잔을

부처에게 차를 올리는 마음으로 우려내는 것이 최상의 차이다. 간절한 마음을 담아 올리는 차가 바로 최고의 차일 터이다. 연기조사의 어머니가 조각된 사사자석탑과 연기조사의 차공양상이 있는 효대

들고 있는 모습의 석물이 있다. 관광객들이 카메라를 들이대며 기념
사진을 찍는다. 효대의 조형물뿐만 아니라 연기조사의 효심까지 담
아갔으면 좋겠다. 이 석탑을 지키는 탑전 아래에 야생 차밭이 있을
텐데 탑전은 굳게 문이 잠겨 있다.

할 수 없이 나그네는 화엄사 법당 뒤편에 있는 구층암 산길로 오
른다. 구층암 천불전 뒤에도 야생 차밭이 있다는 장죽전 안내문이
기억났기 때문이다. 구층암은 원래 화엄사 선방이었는데, 그런 역사
보다 더 유명한 것은 울퉁불퉁한 모과나무 기둥들이다. 기둥은 반듯
해야 한다는 선입견을 지워주는 모과나무 기둥의 신선한 도발이다.

구층암에 들러 암주스님을 찾는다. 암주는 명완(明完) 스님인데
동행한 다우(茶友)가 알려지지 않은 최고의 다승(茶僧)이라고 소개
를 한다. 아니나 다를까 찻잔을 다루는 스님의 손동작이 물 흐르듯
꽃피듯 자연스럽고, 차를 기다리는 동안 미소 짓게 하는 스님의 유
머에 문득 앉은 자리가 편안해진다.

"이곳 천불전 뒤에도 야생 차밭이 있는데, 4백 년 넘은 차나무도
있다고 다인들이 얘기합니다."

스님에게 어떤 차가 좋은 차냐고 묻자, 스님은 웃기만 하면서 벽
에 걸린 탁본한 그림을 가리킨다. 석굴암에 조각된, 문수보살이 부
처에게 한 잔의 차를 올리고 있는 그림이다. 부처에게 차를 올리는
마음으로 우려낸 차가 최상의 차라는 무언의 법문이다.

그렇다. 간절한 마음을 담아 올리는 차가 바로 최고의 차일 터이다. 천 년 전, 연기조사가 어머니에게 효성을 담아 올린 그 차가 바로 차꾼들이 찾아 헤매는 명품이 아닐까 싶다.

가는 길 화엄사는 서울에서 기차로 가려면 구례구역에 내려 택시를 이용하면 되고 승용차로는 남원이나 하동에서 20여 분 거리에 있다.

차 달이는 향기
바람결에 전해온다네

상백운암(上白雲庵)은 전남 광양의 백운산 가장 높은 곳에 자리한 암자(해발 1,040미터)로, 현대의 고승인 구산 스님이 9년 동안 수행한 곳이다. 암자 주위를 병풍처럼 둘러친 바위는 힘찬 기운을 뿜어내고, 차맛을 내는 조건 중 으뜸으로 치는 석간수(石間水)의 맛은 깊고 달다.

길상사(지금의 송광사) 1세 사주(社主) 지눌(知訥: 1158 ~ 1210)도 바로 저 돌샘 물로 차를 달여 마셨으리라. 좌선을 오래 하다 보면 망상이 고개를 들고 졸음이 오는데, 이때 맑고 향기로운 한 잔의 차는 온몸에 활기를 주고 느슨해진 정신을 깨어나게 한다. 그래서 선가에 다선일여(茶禪一如)란 말이 생긴 것이다. 지눌이 남긴 다시는 전해지지 않는다. 다만 이규보가 지은 진각국사 비명에 다음과 같은 기록이 보인다.

을축년(1205) 가을, 보조국사가 억보산(지금의 백운산)에 있을 때 진각국사가 선승 몇 사람과 보조국사를 뵈러 가는 길에 산 밑에서 쉬는데, 암자와의 거리가 1천여 보나 되는데도 보조국사가 암자 안에서 시자 부르는 소리가 멀리 들려왔다. 이때 국사는 게(偈)를 지었는데 그 대강은 이러하다.

아이 부르는 소리 송라의 안개에 울려퍼지고
차 달이는 향기 돌길 바람에 전해온다네.
呼兒響落松蘿霧
煮茗香傳石經風

지눌이 달이는 차향기가 1천여 걸음 떨어진 곳까지 바람결에 풍겨왔다는 내용은 그가 수행 중에 틈틈이 차를 즐겨 마셨다는 증거가 아닐 수 없다.

지눌의 자호는 목우자(牧牛子)이고, 시호는 불일보조(佛日普照)이다. 8세 때 사굴산파의 종휘 스님에게 나아가 승려가 된 뒤 밤낮으로 공부하여 명종 12년(1182) 25세 때 승과에 급제한다. 그리고 보제사의 담선법회에 참석하여 대중과 정혜결사를 맺고 수행정진을 맹세했으나 호응이 기대에 미치지 못하자 결사를 뒷날로 미룬다.

이때 고려불교는 선종과 교종이 서로 대립했는데, 지눌은 선교일치의 태도를 고수했다. 따라서 지눌은 불(佛)에 의지하여 정진하기도 했던바, 《육조단경》의 '진여자성(眞如自性)이 생각을 일으키매 맑고 향기로운 한 잔의 차는 온몸에 활기를 주고 느슨해진 정신을 깨어나게 한다.
그래서 선가에 다선일여(茶禪一如)란 말이 생긴 것이다. 보조국사가 수행했던 상백운암

육근(六根)이 보고 듣고 깨달아 알지만, 그 진여자성은 바깥 경계들 때문에 물들어 더럽혀지는 것이 아니며 항상 자유롭고 자재하다'라는 구절에 첫 깨달음을 얻는다. 이후 지눌은 마음을 닦으며 정진하는 동안 대장경을 읽다가 '부처의 말씀이 교가 되고, 조사께서 마음으로 전한 것이 선이 되었으니, 부처나 조사의 마음과 말씀이 서로 어긋나지 않거늘 어찌 근원을 추구하지 않고 각기 익힌 것에 집착하여 부질없이 쟁론을 일으키며 헛되이 세월만 소비하는가'라고 교계를 질타한 뒤, 팔공산 거조사로 옮겨 동지들을 모아 〈정혜결사문〉을 선포한다. 마음을 바로 닦음으로써 미혹한 중생이 부처가 될 수 있다는 선언으로 그 방법은 정혜쌍수, 즉 정과 혜를 함께 닦는 것이었다.

그러나 지눌은 8년 만에 결사한 대중 중에 일부가 초심을 잃자, 거조사를 떠나 36세 때 지리산 상무주암에 머물며 《대혜어록》을 보다가 '선은 고요한 곳에도 있지 않고 시끄러운 곳에도 있지 않다'는 구절에서 홀연히 크게 깨닫는다.

이어 지눌은 희종의 명을 받아 길상사에서 오랫동안 머물며 선풍을 크게 일으킨다. 길상사를 중심으로 백운암, 규봉암, 조월암 등을 오가며 안거한 지 10여 년, 지눌은 대중을 불러 모아놓고 주장자를 세 번 치면서 '천 가지 만 가지가 모두 이 속에 있다'는 화두 같은 법문을 남기고 열반에 들었다.

아이 부르는 소리 송라의 안개에 울려퍼지고 차 달이는 향기 돌길 바람에 전해온다네. 상백운암의 전망

암자에 도착하여 쉬고 있자, 스님이 차 대신 고로쇠나무 물을 발우에 한가득 담아준다. 멀리 보이는 전망이 그만이다. 순천만과 무등산과 모후산, 조계산 등이 한눈에 들어온다.

고로쇠나무 물을 들이켜고 나자, 허기도 가시고 헐떡이던 숨도 가라앉는다. 목마를 때 마시는 물은 차를 마시는 것과 같다라는 금언을 다시금 실감한다.

가는 길 남해고속도로에서 광양나들목을 빠져나와 우회전해 2분여를 가다 다시 옥룡면 쪽으로 우회전해 곧바로 가면 백운암 이정표가 나온다. 상백운암은 백운암에서 다시 20여 분 걸어 올라가야 한다.

북두로 은하수 길어
밤차를 달이리

솔숲 길을 걷다 보면 솔 향기와 바람 소리로 온몸이 씻어지는 느낌이 든다. 게다가 솔바람에는 자기 자신을 근원으로 돌아가게 하는 산중의 고독이 묻어 있다. 나그네도 진각국사(眞覺國師)가 머물렀던 광원암(廣遠庵) 가는 초입 길에서 솔바람의 관욕(灌浴)을 누린다.

광원암은 송광사의 1번지 같은 암자다. 송광사를 짓기 전, 백제 무령왕 14년(514)에 가규(可規) 스님이 창건했다고 전해진다. 그후 고려 때 진각국사 혜심(慧諶) 스님이 거처하면서 수행자의 필독서인 《선문염송집》30권의 편찬을 완성한 후 암자 이름을 《선문염송집》이 넓게(廣) 멀리(遠) 유포되기를 바라는 마음에서 광원암으로 바꾸었다고 한다.

나그네는 다시(茶詩)로서 최고의 절창이 틀림없는 진각국사의 〈인월대(隣月臺)〉를 오래전부터 애송하고 있다. 중국의 시선(詩仙) 이백의 시처럼 무한대의 낭만과 상상력이 느껴지는 명시이다.

우뚝 솟은 바위산은 몇 길인지 알 수 없고
그 위 높다란 누대는 하늘 끝에 닿아 있네
북두로 길은 은하수로 밤차를 달이니
차 연기는 싸늘하게 달 속 계수나무를 감싸네.

巖叢屹屹知幾尋

上有高臺接天際

斗酌星河煮夜茶

茶煙冷鎖月中桂

　은하수로 달인 차의 맛과 차 연기가 계수나무에 드리운 풍경은 어떨까. 이미 우주와 한 몸이 된 깨달은 자만이 체험하는 선경(禪境)일 터이다. 진각국사는 고려 명종 8년(1178)에 화순에서 태어나 일찍이 진사인 아버지를 여의고 어렵게 공부하여 신종 4년(1201) 24세에 사마시(司馬試)를 마치고 태학관(太學館)에 들어갔으나 홀어머니가 위독하다는 전갈을 받고 귀향한다. 극진한 병간호에도 불구하고 귀향한 이듬해에 홀어머니가 별세하자, 길상사로 어머니의 49재를 지내러 갔다가 보조국사와 인연이 되어 출가를 한다.

　입산 후 스님은 어느 절에 머물건 간에 낮에는 《선문염송집》을 집필하고 밤에는 참선하다가 새벽에는 염송에 나오는 게송을 목청 높여 낭랑하게 외는 것을 일과로 삼았다. 특히 사성암은 구례읍에서 십 리 거리에 있는데, 스님이 새벽 축시마다 읊조리는 게송을 듣고

뭇 고통이 이르지 않는 곳에 따로 한 세계가 있나니 그곳이 어디냐고 묻는다면
아주 고요한 열반문이라 하리라. 광원암 뒤에 있는 진각국사 부도

는 읍민들이 잠에서 깨어나곤 했다고 전해진다. 이후 스님은 광양 백운암으로 보조국사를 찾아가 그동안 공부한 것을 인정받고, 다시 조주의 무(無) 자 화두를 가지고 보조국사와 선문답을 나눈 끝에 "내 이미 너를 얻었으니 너는 마땅히 불법으로써 자임(自任)하여 본 원수선사(修禪社)를 폐하지 말라"는 은밀한 유지를 받는다.

스님의 나이 33세가 되는 해에 보조국사가 입적하자, 스님은 스승에 이어 수선사의 제2세 법주(法主)가 된다. 이후 스님은 고종 때 대선사(大禪師)가 되어 나라의 명에 의해 여러 절을 전전하며 수많은 제자를 가르친다. 56세 때에야 수선사로 다시 돌아와 지친 몸을 추스르다가 이듬해(1234) 화산 월남사로 가 제자 마곡에게 임종게를 남기고 입적에 든다.

뭇 고통이 이르지 않는 곳에
따로 한 세계가 있나니
그곳이 어디냐고 묻는다면
아주 고요한 열반문이라 하리라.
衆苦不到處
別有一乾坤
且問是何處
大寂涅般門

이처럼 쉽게 쓴 고승의 임종게도 없을 것이다. 진각국사의 모든 시는 난해하지 않고 생생하게 다가온다. 탁월한 대시인이라 아니할 수 없다. 스님은 많은 다시를 남겼는데, 직접 다천(茶泉)을 파기도 했다.

소나무 뿌리에서 이끼를 털어내니
샘물이 영천에서 솟구친다
상쾌함은 쉽게 얻기 어렵나니
몸소 조주선(趙州禪)에 든다.
松根去古蘚
石眼迸靈泉
快便不易得
親提趙老禪

이 다시의 '조주선'이라는 말에 나그네의 심혼에 불이 댕겨진 듯하다. 두말할 것도 없이 조주선이란 '끽다거(喫茶去: 차를 마시다)'를 통해 깨달음에 이른 조주의 가풍을 말하고 있는 것이리라. 그런데 조주는 화순의 쌍봉사를 창건한 철감선사와 스승 남전의 회상(會上)에서 정진을 함께한 법형제이고 보면 예삿일이 아니다. 절창의 다시를 많이 남긴 진각국사는 조주와 철감선사의 다맥을 잇고 있음이 분명해 보인다.

나그네는 광원암에 이르러 차와 시를 선으로 승화시킨 진각국사의 흔적에서도 솔 향기를 맡는다. 암주 현봉 스님이 우려내준 차를 마시며 '조주선'이란 이런 것이구나 하고 그 울타리 안을 엿본다. 암자에는 몇 줌의 석양 햇살이 구르는 낙엽을 어루만지고 있다.

가는 길 남해고속도로에서 송광사나들목을 빠져나와 송광사에 이르러 계곡 왼쪽으로 난 산길을 타고 10분쯤 오르면 광원암이 나온다. 월남사지는 강진의 무위사 가기 전에 있다.

목마르면 감로수 길어다
손수 차 달인다네

송광사 16국사 중에서 다시를 가장 많이 남긴 분이 원감국사(圓鑑國師) 충지 스님(沖止: 1226 ~1292)이다. 스님의 문집에는 무려 20편의 다시가 전해지고 있다. 스님은 수선사 6세 사주로 주석하면서 감로암도 창건했다. 감로암이 송광사 법당과 가까운 거리에 있는 것을 보면 아마도 스님의 수선실(修禪室)이 아니었나 싶다. 감로암 앞에 선 스님의 탑비가 그런 사실을 증명해주고 있다. 나그네는 감로암 가는 산길 중간쯤에 있는 옹달샘 물을 표주박에 떠서 '아, 이 물이 바로 감로수군' 하고 목을 적신다.

예전에 법정 스님과 감로암에서 국수를 먹었던 일도 떠오른다. 불일암과 감로암은 이웃해 있다. 감로암 비구니스님들이 국수를 먹는 날에는 법정 스님을 가끔 모시곤 했던 것 같다. 나그네는 불일암에서 법정 스님과 함께 감로암으로 건너가 들깨가루를 탄 고소한 국수를 맛있게 먹었던 것이다. 지금도 그때가 잊혀지지 않고 선명하다.

젊은 시절 법정 스님의 송곳 같은 인상도 강하게 남아 있다. 스님은 국수를 다 드시고 나서는 '잘 먹었다'는 의례적인 말을 생략한 채 국수만 대접받았으면 됐지 '차 대접'이나 '잘 가시라'는 인사까지 받기는 번거롭고 미안하다며 나그네에게 그 자리를 조용히 뜨자고 했었다. 차는 불일암으로 건너와 창호의 햇살이 환한 수류화개실에서 편하게 마셨던 것으로 기억된다.

현재의 감로암에는 비구스님들이 살고 있는 모양이다. 비구스님이 산책 삼아 산길을 내려가고 있다. 나그네는 감로암의 원감국사비 앞에서 스님의 다시를 한 수 중얼거려본다.

새벽에는 미음 한 국자로 요기하고
점심은 밥 한 그릇
목마르면 차 석 잔뿐인데
알든 모르든 아무 상관없다네.
寅漿飫一杓
午飯飽一盂
渴來茶三椀
不管會有無

원감국사는 전남 장흥 출신으로 속성은 위씨. 9세부터 공부를 하여 17세에 사원시(司院試)에 합격하였으며 19세에는 춘위(春闈)에

스님은 선정에 잠겨 있다가 목이 마르면 차솥에 찻물을 넣고 솔방울에 불을 붙여 손수 차를 달였으리라. 스님에게 있어 차 한 잔은 심선(深禪)의 맛, 바로 그것이 아니었을까. 감로암 가는 길의 돌샘

나아가 장원급제하여 영가서기로 부임한다. 이후 사신이 되어 일본으로 갔다가 돌아와서 벼슬이 금직옥당에 이른다. 출가는 29세에 하여 주로 교학을 탐구하여 삼중대사(三重大師)가 되고, 수선사에 이르러서는 원오국사 회상에서 참선정진을 하게 된다. 이때는 원나라 장수 흔도(忻都)가 탐라를 정벌한 후 수선사도 군량미 명목으로 세금을 내게 되었는데, 원감국사는 원나라 세조에게 청전표(請田表)를 올려 빼앗긴 전답을 되돌려 받는다. 이를 계기로 세조가 국사를 흠모하게 되어 초청하지만 거듭 거절하다가 마침내 연경에 도착하여 빈주(賓主)와 스승 대접을 받는다. 귀국할 때는 세조에게 금란가사와 벽수장삼과 흰 불자 한 쌍을 받았다고 전해진다. 국내로 돌아온 국사는 여러 절을 거쳐 원오국사의 추천으로 수선사 제6세가 된다. 국사는 입적에 이르러 문인들에게 '생사는 인생의 일이다. 나는 마땅히 가리니 너희는 잘 있거라'라는 말을 남겼다.

나그네가 지금 보고 있는 스님의 비는 열반한 지 22년 만에 문인 정안(靜眼) 등이 세웠으나 병화로 파괴되어 지금으로부터 2백 년 전에 다시 시안(時安), 찬현(贊玄) 등이 중건했다고 한다.

문득 스님의 시 한 편은 선정에 든 스님의 내면 풍경을 생생하게 보여준다.

바람 지나간 뜰은 빗자루로 쓴 듯

비 갠 경계와 만물은 다투어 곱기만 하다

보이는 것마다 작은 누 한 점 없나니

온몸으로 늘 깊은 선에 잠겨 있다네.

風過庭除如掃

雨餘景物爭鮮

觸目都無纖累

全身常在深禪

　　스님은 선정에 잠겨 있다가 목이 마르면 차솥에 찻물을 넣고 솔방
울에 불을 붙여 손수 차를 달였으리라. 스님에게 있어서 차 한 잔은
심선(深禪)의 맛, 바로 그것이 아니었을까.

가는 길 남해고속도로에서 송광사나들목으로 들어와 송광사 산문을 지나면 왼
편 농막 위로 5분 거리의 산길 끝에 감로암이 있다.

나의 가풍이 몽땅
동국으로 돌아가는구나

신라 구산선문의 사자산문의 개산

조인 철감선사(徹鑑禪師: 798~868)는 우리들에게 잘 알려진 인물

이 아니다. 그러나 나그네는 우리나라 차의 비조(鼻祖)를 들라면 철

감선사 도윤(道允)을 먼저 떠올린다. 천년 고찰 쌍봉사의 창건주이

기도 하지만 나그네의 관심은 우리 다맥(茶脈)에 있어서 철감선사

의 위상이다. 쌍봉사에는 우리나라 사찰의 사리탑 조형물 중에서 가

장 아름다운, 국보 제57호로 지정된 철감선사탑이 있는데, 그곳으로

가는 오솔길 가에 야생 차나무들이 숲을 이루어 다승이었던 철감선

사를 더욱더 그립게 한다.

요즘은 차꽃이 만발하여 향기가 가랑비처럼 옷에 묻는다. 선사들

은 향성(香聲) 혹은 문향(聞香)이라 하여 '향기의 소리'를 귀로 듣

는다지만 나그네는 선지가 깊지 못해서인지 차향을 코로 맡는 것만

도 행복하다.

쌍봉사 차꽃 향기가 부러워 나그네도 지난해 가을에 산중 처소인

차꽃이 만발하여 향기가 가랑비처럼 옷에 묻는다.
선사들은 향성(香聲) 혹은 문향(聞香)이라 하여 향기의 소리를 귀로 듣는다. 철감선사가 중국에서 돌아와 머문 쌍봉사

쌍봉사를 다사(茶寺)로 발전시키어 다인들이 차향을 맡고 가는 차의 성지가 됐
으면 좋겠다. 천년의 신비를 간직한 철감선사탑

이불재 뒷산에 차씨를 한 가마니나 심었다. 장마철 전후해서 싹이 트고, 앞으로 삼사 년 후면 꽃이 피고, 10여 년이 지나 차숲이 이루어지면 차꽃 향기에 취할 것이다.

초의선사는 《동다송》에서 '안휘성 차는 맛이 뛰어나고 몽산차는 약효가 뛰어나다고 했는데 동국차는 다 겸했느니라' 라고 했다. 안휘성과 몽산은 중국의 지명이다. 특히 안휘성은 철감선사가 유학을 가서 남전의 회상에서 조주 스님과 함께 정진했던 땅이다. 남전은 '평상심이 도(道)' 라는 가르침을 폈던 고승이다. 도란 특별한 것이 아니라 밥 먹고 차 마시는 일상의 무심 속에 있다고 설파했던 것이다. 또한 남전의 정신을 이은 조주는 불법을 물어오는 제자들에게 '차나 한잔 마시게(喫茶去)' 로 자신의 가풍을 일으켜 화두로 정착시켰다.

남전 회상에서 조주와 함께 공부했던 철감선사는 어떠했을까? 평상심이 도라고 외친 스승 남전뿐만 아니라 끽다거 정신을 일으킨, 스무 살 위였던 조주는 스승 같은 사형으로서 철감선사에게 많은 영향을 주었을 터이다. 더구나 남전은 열반하기 전에 이미 철감선사에게 '우리 종(宗)의 법인(法印)이 (너로 인해서) 몽땅 동국으로 돌아가는구나' 라고 하였던 것이다.

'우리 종의 법인' 이란 넓게는 중국의 6조 혜능의 남종선을, 좁게는 남전 자신의 가풍을 말하고 있는바, 남전이 일으키고 조주가 완성한 다선(茶禪)의 정신을 말하고 있음이 아닐 것인가. 나그네가 작넌 겨울에 철감선사와 조주 스님이 함께 정진했던 안휘성의 남전사 터를 찾아가 확인한 사실이지만 절터 주변 야산에는 야생 차나무들이 산재해 있었다. 차나무를 보고 그 옛날 수행승들이 차농사를 짓는 정경이 떠올라 가슴 벅찼던 순간이 지금도 생생하다.

철감선사의 속성은 박씨이고 한주인(漢州人)이며 집안은 대대로 호족이었다고 전해진다. 18세 때 화엄십찰의 하나인 김제 귀신사로 출가하여 10년 동안 화엄학을 익히다가 교종에 회의를 느껴 '원돈(圓頓)의 방편이 어찌 심인(心印)의 묘리만 하겠는가'라고 말하고는 28세 때 사신 일행의 배를 타고 당으로 건너가 남전의 문하로 들어갔다.

마침내 그는 스승 남전에게 인가를 받고, 스승이 열반한 뒤에도 13년 동안이나 당나라에 머물다가 문성왕 9년(847)에 귀국한다. 그는 22년이나 유학 생활을 한 셈인데, 그의 차살림도 중국인의 그것처럼 일상화되었을 것이 분명하다. 귀국한 그는 먼저 금강산 장담사로 들어가, 훗날 사자산문을 융성하게 한 제자 징효와 대중들에게 가르침을 펴다가 남도의 쌍봉사로 내려와 경문왕의 귀의를 받고 열반 때까지 머문다. 그래서 경문왕의 지원을 받아 쌍봉사에 정교하고 웅장한 그의 부도가 세워지게 된 것이다.

올봄부터 여러 차를 마셔보았지만 쌍봉사의 야생 차나무 잎으로 덖은 차맛이 가장 뛰어났던 것 같다. 쌍봉다원에서 비매품으로 제다

하였는데, 쌍봉사 주지스님이 나그네에게 선물하여 함께 마셨던 것이다. 조주에서 발원한 선가의 다맥이 신라 때 철감선사에 의해서 해동으로 건너와 고려 때는 보조국사와 진각국사가, 조선 때는 함허선사와 사명대사에 이어 초의선사가 중흥시켰던 것이 아닐까? 맑고 향기로운 차를 마시게 된 고마움이 문득 들어 소박한 마음으로 다맥의 문제를 제기하여본다. 뜻있는 스님이 쌍봉사를 다사(茶寺)로 발전시키어 다인들이 차향을 맡고 가는 차의 성지가 됐으면 좋겠다.

가는 길 호남고속도로에서 광주나들목으로 들어와 화순 방면으로 직진하다가 보성 장흥 방향으로 들어서 이양면소재지에서 보성 방향으로 5분쯤 달리면 쌍봉사 이정표가 나온다.

차 마신 님 그림자에
차향이 서려 있네

— 보성차로 만나는 차의 정신, 차의 마음

봄나들이라는 말이 있다. 나는 오월이 되면 차나들이를 한다. 차나들이라는 낱말은 사전에 없지만 내가 만들어 쓰는 말이다. 연둣빛 찻잎이 아기의 이처럼 솟아날 때 나는 매년 차나들이를 다니곤 했다. 차나무의 영혼이 있다면 연둣빛 찻잎이 아닐까 싶다. 그렇다. 봄날 차나무의 영혼을 볼 수 있다는 것은 축복이 아닐 수 없다.

보성처럼 야생 차나무가 널리 분포된 곳도 없을 터이다. 보성읍 자원사지 주변, 복내 당촌, 문덕 대원사 산자락, 조성 귀산, 득량 박실, 벌교 징광사지 산자락 등 보성 땅 전역에 야생 차나무들이 자생하고 있는 것이다. 고려시대부터 보성의 갈평(회천)과 웅점(웅치)에 다소(茶所)가 있었다는 것은 역사적으로 분명한 사실이다. 차를 만들어 조정에 진상하는 기관이 다소다. 그렇다면 고려시대부터 보성에 사람의 손길이 닿는 차밭이 있었다는 방증이다. 《세종실록지리지》(1454)에는 보성에서 차가 생산되고, 《신동국여지승람》(1531)에도 차가 보성의 토산품이라는 기록이 나온다.

오늘은 보성의 다인이 남긴 흔적, 즉 그림자를 만나러 가는 길이다. 진정한 다인이었다면 그의 그림자에도 차향이 서려 있으리라. 보성 득량면 다전(茶田, 차밭밑)에서는 학포(學圃) 양팽손(梁彭孫)의 후손들이 흘린 차향을 만날 수가 있다. 화순의 양팽손은 조광조의 시신을 수습해 계당산 산자락에 묻고 사당을 지어 봄가을로 제사를 지낸 기묘명현(己卯名賢). 이후, 학포의 다섯째 아들 양응덕(梁應德)은 보성의 박실에 자리를 잡아 살게 된다. 아버지의 정신 유산이기도 한 다도잠심(茶道潛心)을 실천하며 살았다. 다도잠심이란 세상에 나아가지 않고 차를 마시며 마음을 다스리는 수행이 아닐 것인가. 양응덕의 아들 양산항(梁山杭)의 집에 백의종군하던 이순신 장군이 찾아와 머문 것은 또 다른 인연일 터이고.

이윽고 다전에 도착하니 오매정(五梅亭)이 먼저 보인다. 정자 오른쪽에는 전라도병마절도사를 지낸 양우급(梁禹及)의 비가 서 있다. 양산항은 오매정 연못 너머 터에서 살았다고 한다. 골목길 끝까지 올라가보니 넓은 대밭 속에 차나무가 지천이다. 마침 마당에서 도리깨질하던 양돈승(89세) 씨가 자기 집 대밭 속의 백 살쯤 됐다는 차나무를 보여준다.

잘 알다시피 양우급은 양산항의 증손자다. 세상에 출사하여 벼슬살이를 한 양우급에 이르러 양팽손의 다도잠심은 잠시 주춤한다. 그러나 조선 후기 순조와 철종 때에 이르러 다도잠심은 후손들에 의해 만개한다. 양우급의 7대손인 다전(茶田) 양식(梁植: 1815~1873)과 그의 친동생 다암(茶庵) 양순(梁栒: 1822~1886), 다전의 아들 다잠(茶岑) 양덕환(梁德煥: 1846~1919)이 바로 그들이다. 부자간 형제간 모두가 다호(茶號)를 사용한 것만 봐도 그들이 얼마나 차를 사랑했는지 미루어 짐작할 수 있지 않은가. 다암의 다시 〈차를 달이다(煎茶)〉에도 그들의 다면목(茶面目)이 잘 드러나 있다.

아홉 번 찌고 말려 신선대에 두어 오래 묵히고
화로 당겨 석탄 때고 철주전자 열어 물 긷는다
연기 그친 우왕의 귀한 솥, 눈 녹은 도잠의 잔
찻물 빛깔 시비를 가려주니 옛 풍습 회초리라네.

(하략)

蒸曝九重回　久藏仙子坮
引爐石炭爇　汲水金罍開
煙歇禹你鑊　雪消陶穀盃
瓊漿知是否　遺制楮鞭來

발효차의 찻물은 붉다. 그 빛깔의 맑고 탁하기를 보고 회초리처럼 엄하게 품평하는 것은 전해오는 옛 풍습(遺制)이라는 것이다. 다잠

다선일미의 차 정신이 전해지고 있는 대원사 야생 차밭과 자진국사 사리탑.

양덕환의 차살림은 다잠정사를 오가곤 했던 옥전(玉田) 안규신(安圭臣)의 다시에 잘 나타나 있다.

차 연기 전산 누각에 어렴풋이 피어나고
평지에 사는 신선은 노는 것이 하루 일과다
소동파 석가산 나무는 삼봉 정상에 있고
노동의 맑은 바람은 일곱 찻잔 머리에 이네.

茶煙細起篆山樓 平地神仙課日遊

蘇門木假三峰頂 盧氏淸風七碗頭

　　보성에 또 하나의 차 정신이 있다면 선비정신에서 발로한 다서일
여(茶書一如)일 것이다. 차와 글이 하나인 경지가 다서일여이다. 문
덕면 가내마을 출신이자 송재 서재필과 외사촌간인 일봉(日峰) 이교
문(李敎文: 1846~1914) 선생은 차를 즐겨 마셨던 문장가이다. 보성
읍으로 유배 온 한말 대문장가 이건창과 서로 탁마한 사이였다. 그
의 다시 〈차를 마시다(啜茶)〉를 보자. 보성의 다인으로 추앙한다 해
도 손색이 없을 것이다. 차 달이는 연기를 피해 날아가는 학을 이해
할 수 없다는 시구는 절창이 아닐 수 없다.

　　온갖 풀 어느 것이 차맛과 같을까
　　수련하는 묘법이 이보다 더 좋을 수 없으리
　　오래 마시면 수명이 연장돼 선적(仙籍)에 오를 터이고
　　불을 피워 끓여 마시니 위장이 보호되네
　　학이 차 달이는 연기 피해 날아가니 도리어 괴상한 일이고
　　귀한 차 용단 천 조각에 생애가 만족스러워
　　가슴속 자잘한 불편함 다스리기 어려운 일도
　　한 주발 마시니 가라앉고 두 주발 마시니 더욱 좋아지네.
　　百草誰如嘗我茶 鍊修妙法此無加

引年長飮登仙籍 活火新烹護胃家
鶴避細烟還怪事 龍團千片足生涯
胸中多少難平事 一椀消磨二椀佳

이건창에게 수학했던 율어면 금천리 강정마을 태생인 설주(雪舟) 송운회(宋運會: 1874~1965) 선생도 다서일여의 경지를 보여준 분이다. 나는 다행히 설주 선생의 서예작품을 '봇재그랜드' 전시실에서 본 적이 있다. 임종 하루 전에 썼다는 〈일심(一心)〉이란 작품을 운 좋게 만났던 것이다. 설주는 '보성강물이 온통 설주 선생의 붓 헹구는 먹물이다' 라는 세평을 들은 명필가로서 여러 편의 다시를 남긴 분이다. 지인이 찾아왔을 때 썼다는 다반사(茶飯事)를 드러낸 시 구절은 정겹기만 하다.

꽃밭에 호미질 끝낸 뒤 식은 밥 먹으러 돌아와서
푸른 나물에 흰밥 먹고 또다시 차 한 잔 마신다네.
鋤了花田齊餔至 靑蔥白飯又茶盃

마지막으로 보성차의 정신을 얘기하면서 대원사로 눈길을 돌리지 않을 수 없다. 대원사는 현재까지 고려시대 이전부터 자생하는 야생 차나무 밭이 있고, 자진국사 때부터 전해오는 다선일미(茶禪一味)

의 차 정신이 있기 때문이다. 자진국사 사리탑 뒤쪽 산자락에 수령이 꽤 된 차나무(古茶樹)들이 대원사 차역사의 전통을 증언하고 있으니 직접 가보지 않고는 모른다. 청랭한 새벽안개 속에서 드러나는 대원사 야생 차밭은 소쇄한 기운을 듬뿍 주는 다선일미의 비경이다. 참선은 내가 누구인가를 묻는 수행이다. 선가에서는 차를 마시는 행위와 참선수행이 한 맛이라고 말한다.

그렇다면 차 마시는 이의 마음에서도 맑고 향기로운 차향이 나야 하지 않을까! 향기가 쌓이는 것을 향적(香積)이라 하고, 몸에서 향기가 나는 부처를 향적여래(香積如來)라고 하니 말이다. 진정한 다인이라면 나 자신이 이웃에게 어떤 향기로 다가가는지 순간순간 알아차려야 하지 않을까 싶다.

가는 길 보성군 득량면 다전마을을 찾으면 제주 양씨 일문의 차살림을 헤아릴 수 있다. 일봉 이교문 선생의 다시는 《일봉유고》에 있고, 설주 송운회 선생의 다시들은 《설주유고》에 있는데 두 분의 출생지 주변에는 야생 차나무들이 있다. 벚꽃 터널로 유명한 천년 고찰 대원사는 보성군 문덕면 천봉산 자락에 있다.

사단칠정 논변의 긴장을
차로 풀다

고봉(高峯) 기대승(奇大升)에 반하여 너브실(廣谷)에 정착해 산다는 강기욱 씨 부부가 반갑게 맞이해준다. 월봉서원(月峯書院)과 애일당(愛日堂) 고택 뒤로 펼쳐진 대숲에서 상큼한 바람이 불어온다. 대숲 속의 반광반음(半光半陰)에서 자란 부드러운 찻잎들은 떫은맛이 옅고 단맛이 나므로 쌈을 해도 맛있다고 한다. 애일당에서 고봉학술원의 실무를 보고 있는 강기욱 씨는 오뉴월 찻잎으로 돼지고기를 싸서 쌈을 한단다.

강 선생의 안내를 받아 고봉의 독서당이었던 귀전암(歸全庵) 터로 오른다. 기대승의 아들이 시묘를 하면서 머문 칠송정(七松亭)을 지나 10여 분 동안 대숲을 지나치자 기대승의 묘가 나타난다. 산길을 오르며 그의 다시 한 수를 읊조린다.

호숫가에 홀로 좋은 기약 기다리니
의자 쓸고 소요하며 날마다 일이 있었네

차 연기 한 올 한 올 처마에 닿아 흩어지고 달 그림자 으슬으슬 창문에 들어오네. 호남 최고의 명당이라 불리는 기대승 묘

바람은 버들가지 비벼 막 늘어지고
눈은 매화에 소복하여 흩날리지 않네
차 연기 한 올 한 올 처마에 닿아 흩어지고
달 그림자 으슬으슬 창문에 들어오네
높은 베개에 물시계 소리 들으며
아침 해 발에 오르도록 꿈을 꾸었네.

獨來湖上佇佳期 掃楊逍遙日有爲
風撚柳條纔欲嚲 雪封梅荅不曾披
茶煙縷縷當簷散 月影微微入戶隨
高枕細聽寒漏永 夢回晴旭上簾詩

　　기대승의 선대는 서울에서 거주하였는데, 숙부 준(遵)이 기묘사화
에 연루되어 화를 당하자 부친이 세속의 일을 단념하고 전라도로 내
려와 터를 잡았기 때문에 기대승은 중종 22년(1527)에 광주 송현동
에서 출생한다. 기준은 기묘명현 중에서 가장 개혁적이고 진보적인
인물이었다고 알려져 있다. 시문보다는 절의를 중시하는 도학자의
길을 걸었던 기대승은 가문에 대한 자긍심이 대단했을 것 같다.

　　기대승은 명종 13년(1558)에 대과 1등으로 급제하여 벼슬길에 나
아간다. 32세의 젊은 기대승은 처음으로 서소문 안에 살던 성균관
대사성이자 원로학자인 58세의 퇴계를 찾아간다. 이후 두 사람은 장
장 8년 동안 편지로 논쟁을 벌인다. 그 내용은 이른바 우리나라 사

상사 최고의 논쟁이라고 일컫는 사단칠정(四端七情)의 논변이었다. 사단이란 사람의 본성에서 우러나온 이성적 마음씨인 인(仁)·의(義)·예(禮)·지(智)이고, 칠정은 일곱 가지 감정인 희(喜)·노(怒)·애(哀)·낙(樂)·애(愛)·오(惡)·욕(欲)이다.

퇴계는 사단이 이(理)에서, 칠정은 기(氣)에서 발생한다고 분리해서 보았는데, 고봉 기대승은 이와 기를 서로 떼어놓고 볼 수 없다는 주장을 폈다. 결국 퇴계는 고봉의 주장을 일부 수용하기에 이르는데, 여기서 나그네는 아들뻘인 기대승의 주장을 받아들인 퇴계의 너그러운 인품과 권위에 짓눌리지 않는 기대승의 패기가 그들의 학문적 성과보다도 더 부럽기만 하다.

기대승은 퇴계 사후 2년 만인 선조 5년(1572) 성균관 대사성으로 제수되던 해에 병이 나 46세의 나이로 운명하고 만다. 그래서일까? 기대승의 사상은 9년 후배인 율곡으로 이어져 더욱 빛을 발하지만 성리학 논쟁에 불을 댕긴 그의 짧은 생애가 아쉽기만 하다.

명종 앞에서 거침없이 제왕학을 펼쳤던 기대승. 정즉일(正卽一), 옳은 것은 하나라고 외치며 대신들과의 타협을 뿌리치고 낙향한 그였기에, 퇴계는 선조가 나라 안에서 으뜸가는 학자를 천거하라 했을 때 이렇게 아뢰었던 것이다.

"기대승은 학식이 깊어 그와 견줄 자가 드뭅니다. 내성(內省)하는 공부가 좀 부족하긴 하지만."

학을 길들이는 사이 세월이 흐르고 차 달이며 시냇물을 더하네. 기대승의 정신이 스민 월봉서원

내성이란 대의(大義)에 어긋나더라도 후일을 기약하며 물러서는 차선(次善)의 수용을 말함이다. 나그네는 고봉의 다시를 읊조리며 귀전암 터에 이른다. 〈유거잡영(幽居雜詠)〉 15수 중에서 여섯 번째 나오는 시이다.

해 가린 소나무는 장막 같고
마루에 이른 대나무는 발과 같네
벽에는 서자(徐子)의 자리를 달았고
꽃은 적선(謫仙: 이백)의 처마에 춤추네
학을 길들이는 사이 세월이 흐르고
차 달이며 시냇물을 더하네
사립문 온종일 닫고 앉아
홀로 봉의 부리 뾰쪽함을 감상하네.
遮日松如幄 當軒竹似簾
壁懸徐子榻 花舞謫仙簷
調鶴光陰換 烹茶澗水添
柴門終日閉 獨賞鳳觜尖

낙향한 고봉은 자신의 천재성을 남도의 풍류와 차로 삭혔을 것 같다. 부모에게 받은 몸과 마음을 상하지 않고 온전하게 지킨다는 귀전암(歸全庵)의 터에 올라 이끼 긴 대롱을 타고 졸졸 흐르는 약수를 한 모금 마셔본다.

이곳에서 고봉은 스승처럼 존경한 퇴계에게 밤을 새우며 예를 다하여 편지를 썼으리라. 눈이 침침해지면 약수를 떠다가 차를 달였을 터이고. 고봉은 사단칠정 논변의 팽팽한 긴장을 차 한 잔으로써 숨고르기 했을지 모른다.

귀전암 터를 내려와 나그네는 강 선생 부인이 끓인 국수 맛으로 기행의 여유를 찾는다. 음식은 손맛인가 보다. 부인의 고운 마음이 식후의 향기로운 차와 같다.

가는 길 호남고속도로를 이용할 경우 장성나들목에서 816번 지방도로를 타고 남쪽으로 10여 분 달리면 월봉서원이 있는 너브실에 다다른다.

차공양으로 홀연히
부처를 이루었노라

호남 일대에 산재한 절을 가보면
진묵대사(震默大師)의 전설을 많이 들을 수 있다. 전북의 봉서사와
구암사, 월명암과 성모암, 전남의 백양사, 운문암 등이 그렇다. 이
중에서 차와 직접 관련된 절은 운문암이 아닐까 생각된다. 다각(茶
角)이란 차 끓이는 소임자를 말하는데, 진묵은 운문암에서 법당 부
처님들과 정진하는 대중스님들에게 차공양을 했다.

나그네는 운문암과 인연이 깊다. 운문암에 계시면서 선승을 지도
하셨던 서옹 스님을 뵙기 위해 백암산을 오르곤 했다. 지금은 서옹
스님을 뵐 수 없다. 이른바 좌탈입망(坐脫立亡)으로 앉아서 열반에
드셨기 때문이다. 다만 운문암 초입의 차밭에 핀 차꽃 향기가 향기
롭고, 스님께서 들려주셨던 진묵대사의 이야기만 귓가에 맴돈다.

진묵이 일곱 살에 봉서사로 출가하여 사미승이 된 후, 운문암으로
와서 다각의 소임을 보고 있을 때였다. 대중스님들 중에서 가장 나
이 어린 진묵이 하루는 신중단(神衆壇)에 차공양을 했다. 그날 밤

다각이 된 공덕으로 부처가 된 경우는 진묵대사가 최초가 아닐까 싶다.
차로써 부처가 됐으니 다선일여를 보여준 셈이다. 진묵대사가 차로 수행했던 백양사

"이것이 석가불의 그림자니라." "그것은 스님의 그림자입니다." "너는 고작 내가짜 그림자만 알았지 석가의 참 그림자는 알지 못하는구나."
봉서사에 있는 진묵대사와 어머니의 진영

대중스님들이 모두 다 같은 꿈을 꾸었는데, 한 신중(神衆)이 나타나 말했다.

"우리들은 불법을 지키는 호법신인데 부처님의 예를 받으니 마음이 황공스럽구나. 그러니 다각의 소임을 바꿔달라."

다음날 대중스님들은 간밤의 꿈을 서로 얘기하며 의아하게 여겼다. 때마침 아랫마을에 사는 나무꾼이 일옥(一玉: 진묵의 법명)에 대한 이야기를 하나 들려주었다.

"조금 전에 부추를 뜯고 있었습니다. 그때 두 남녀가 만면에 웃음을 띠고 운문암으로 올라가더니 대성통곡을 하며 내려왔습니다. 제가 두 남녀에게 물어보니 그들은 '영원히 안주할 곳을 찾아 올라갔지만 일옥 스님이 맹화(猛火)로 저희들을 지져 화독(火毒)을 이겨내지 못해 쫓겨나고 말았습니다'라고 대답했습니다."

그제야 대중스님들은 진묵대사가 불(佛)의 화신임을 깨달았다. 두 남녀가 마구니였으므로 그들을 화광삼매(火光三昧)로 내쳤던 것이다. 훗날 대중스님들은 암자의 불사(佛事)를 마치게 되었을 때 진묵대사를 증명으로 삼았다. 그때 진묵대사는 대중스님들에게 말했다.

"내가 다시 와서 불사를 하기 전에는 불상에다 손을 대지 말라."

이후 운문암에서는 불상에 금물이 벗겨져도 개금하지 않게 되었다고 하는데, 나그네가 흥미롭게 생각하는 부분은 진묵이 다각의 소임을 맡으면서 부처님의 예를 받게 된 배경이다. 다각이 된 공덕으로 바로 부처가 된 경우는 아마도 진묵대사가 최초가 아닐까 싶다. 차로써 부처가 됐으니 다선일여를 보여준 셈이다.

명종 17년(1562)에 김제 만경에서 태어나 일생 동안 기인의 면모를 보이며 유학에 밝았던 진묵대사. 행적이 너무나 기이하여 전설로 남아버린 그는 술도 곡차라 하여 마시고는 늘 대취하여 만행했다고 전해진다.

진묵대사는 술을 마셔도 술에 걸리지 않았던 것일까. 술에 걸리지 않는다는 것은 깨어 있음을 잃지 않는다는 뜻일 터이다. 그렇다면 그에게 술은 차나 다름없었으리라. 그래서 그는 술을 곡차(穀茶)라 했던 것일까. 술에 취하여 부른 그의 노래도 깨달음의 세계이다.

하늘을 이불로 땅을 자리로 산을 베개로 삼아
달을 촛불로 구름을 병풍으로 바다를 술통으로 만들어
크게 취해 거연히 일어나 춤을 추니
도리어 긴 소맷자락 곤륜산에 걸릴까 걱정하노라.
天衾地席山爲枕
月燭雲屛海作樽
大醉居然仍起舞
却嫌長袖掛崑崙

그는 이승의 인연이 다한 어느 날 개울물에 비친 자신을 보면서
시자에게 물었다.

"이것이 석가불의 그림자니라."

"그것은 스님의 그림자입니다."

그러자 그는 "너는 고작 내 가짜 그림자만 알았지 석가의 참 그림
자는 알지 못하는구나" 하고 말한 뒤 방으로 들어가 홀연히 입적해
버렸다. 차로써 부처가 된 그는 이렇게 72세의 일생을 마치게 된 것
이었다.

가는 길 호남고속도로 백양사나들목으로 나와 백양사 산문으로 들어 3킬로미터
정도 산길을 오르면 운문암에 이른다. 봉서사는 전북 완주군 용진면 간중리에 있다.

차를 많이 마시면
나라가 흥하리라

가랑비가 멎기를 기다릴 겸 하룻밤

을 광주에서 보내고 아침 일찍 무등산을 오른다. 오늘은 의재(毅齋)

허백련(許百鍊: 1896~1977)을 만나러 가는 중이다. 등산객을 상대

하는 가게를 지나 증심천의 첫 다리를 지나니 바로 의재의 유적들이

나타난다. 다리 이름부터 의재교이다. 증심천 왼편으로 의재가 만년

을 보냈던 춘설헌과 그의 묘가 있고, 오른편으로는 의재미술관, 그

리고 위편 무등산 산자락에 5만여 평의 차밭이 조성되어 있다. 일본

인이 일구어놓은 차밭을 의재가 해방 후 정부로부터 불하받은 삼애

다원(三愛茶園)이다.

이른 아침이라 푸나무들이 촉촉하다. 한적한 산길을 혼자 오르는

맛도 맑은 차맛과 견줄 만하다. 춘설헌은 원래 띳집이었다고 하나

지금은 현대식 건물이다. 노산 이은상과 의재는 다우였다. 서로 만

나 밤새 차를 마신 뒤 노산은 〈무등차의 고향〉이라는 시를 남기고

있다.

무등산 작설차를
돌솥에 달여내어
초의선사 다법(茶法)대로
한 잔 들어 맛을 보고
또 한 잔은 빛깔 보고
다시 한 잔 향내 맡고
다도(茶道)를 듣노라니
밤 깊은 줄 몰랐구나.

그림과 차밖에 몰랐던 의재는 고종 때 진도에서 태어나 해방 전후의 격동기를 살다 간 호남화단의 거물이자 단군신앙의 신봉자였다. 그가 그림을 그리게 된 것은 가문의 영향이 컸다. 소치 허련이 종고조뻘이고, 실제로 그는 11세에 소치의 아들인 미산 허형에게 묵화의 기초를 익혔다. 일본 메이지대학에 입학하여 법정학을 전공하려 하였으나 3년 수료 후 미술로 진로를 바꾼 것도 그런 사연 때문이었다. 의재는 동경에 머무는 6년 동안 일본의 남종화의 대가인 고무로 스이운(小室翠雲)에게 인정을 받아 그의 화실에 기숙하며 영향을 받는다.

귀국한 그는 1922년 서울로 올라가 동경 유학 시절에 알게 된 동갑지기 인촌 김성수를 우연히 만나 그의 집 2층에서 기숙하며 그림을 그리다가 제1회 조선미술전람회에 산수화를 출품하여 1등 없는

한적한 산길을 혼자 오르는 맛도 맑은 차맛과 견줄 만하다. 허백련이 남종화의 맥을 이으며 보낸 춘설헌

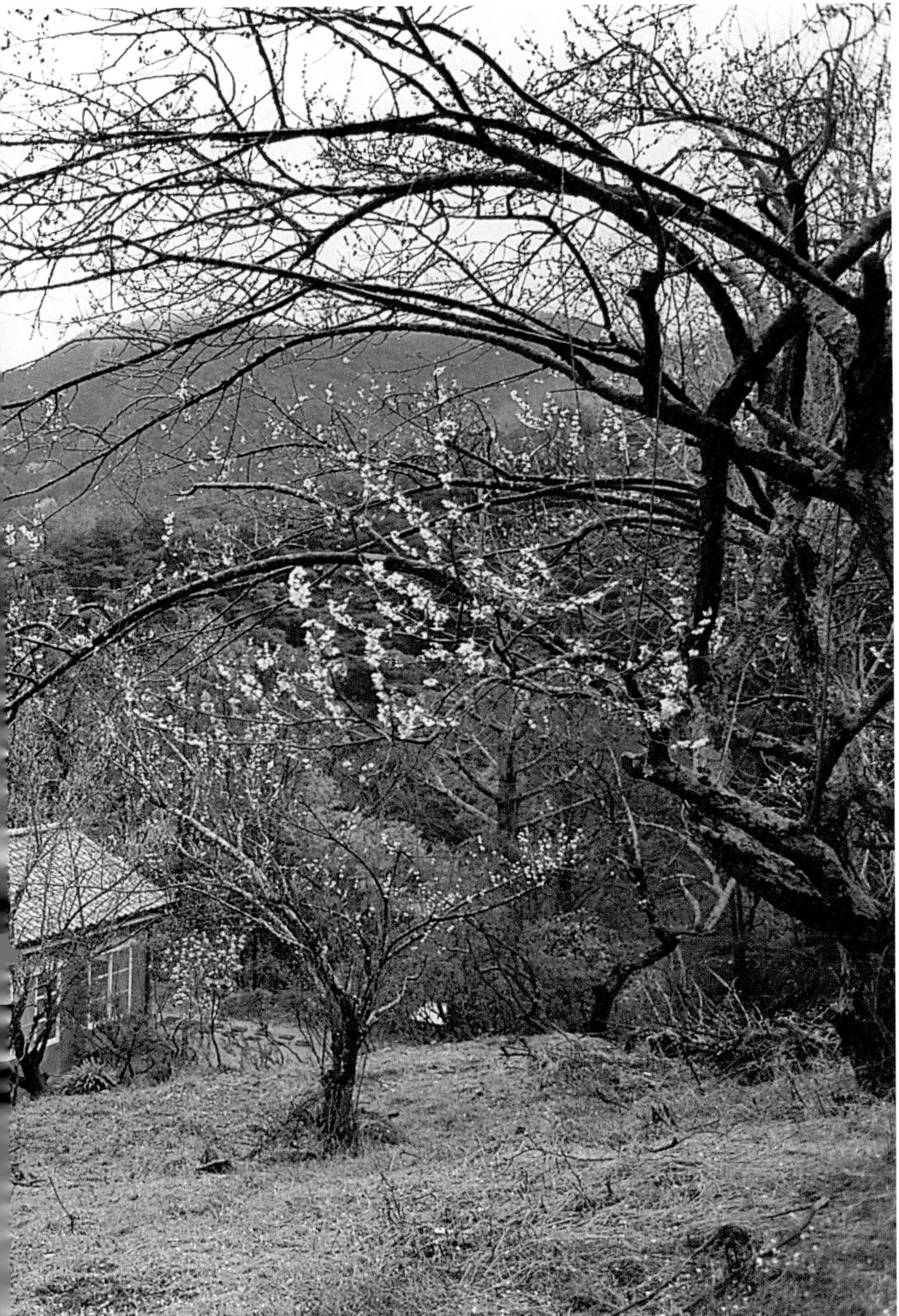

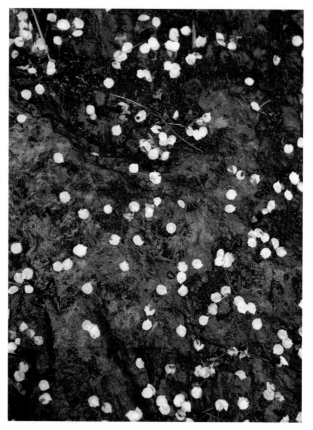

한 잔 들어 맛을 보고 또 한 잔은 빛깔 보고 다시 한 잔 향내 맡고 다도를 듣노
라니 밤 깊은 줄 몰랐구나. 춘설헌 벚꽃의 낙화

2등에 입상하며 각광받는다. 1927년 이후에는 공모전에 출품하지 않고 광주 무등산에 정착하여 자신만의 독특한 화풍을 견지하며 호남의 남종화단을 이끈다.

그는 남종화뿐만 아니라 초의선사의 다맥도 잇는다. 초의선사의 다맥 중 한 갈래가 호남의 남종화맥을 따라 소치-미산-의재의 춘설차로 이어져온 것이다. 육당 최남선도 광주에 들르면 꼭 의재의 춘설헌을 찾아 차를 마시고 갔다. 육당의 〈무등차(춘설차)〉라는 연시조 중에 두 번째 시조는 차를 마시면 나라가 흥한다는 음다흥국(飮茶興國)의 주제가 느껴진다.

차 먹고 아니 먹은 두 세계를 나눠보면
부성(富盛)한 나라로서 차 없는 데 못 볼러라
명엽(茗葉: 찻잎)이 무관세도(無關世道)라 말하는 이 누구뇨.

차야말로 세상의 도(道)와 무관치 않다고 의재가 육당에게 말했을 터이다. 평소에도 의재는 제자들에게 "고춧가루를 많이 먹으면 국민들의 성질이 급해져서 나라가 망하고 차를 많이 마시면 정신이 차분해져서 나라가 흥한다"고 당부하곤 했다.

육당에게 영향을 받았음인지 만년에 의재는 그림과 차 말고도 단군신앙에 심취하여 옛 기록을 좇아 무등산 한 봉우리에서 천제단(天

帝壇) 터를 발견하고 사재를 털어 단군신전을 지으려다가 기독교인들의 반대에 부딪쳐 뜻을 이루지 못하고 만다. 의재가 자신의 화업을 잇고 있는 손자 허달재(許達哉)에게 "내 그림이 최고로 보일 때는 손이 앞서 간 것이고, 내 그림이 작게 보일 때는 눈이 앞서 간 것이다"라고 경책했다는데, 손과 눈을 떠나 마음으로 그리라는 말이 뇌리에 오래도록 남는다. 비단 그림뿐만 아니라 차를 만드는 일도 그러한 마음이라야 다인의 혼이 담기리라.

가는 길 광주 시내에서 증심사 가는 시내버스를 타고 종점에서 내려 증심사 가는 길을 따라 10여 분 오르면 의재의 유적지에 다다른다.

초의보다 2백여 년 전에
차를 소개했던 실학자

김육(金堉: 1580~1658)의 흔적이 익산 땅에 있다는 얘기를 듣고 가는 중이다. 다행히 눈발은 그치고 도로에 쌓인 눈은 어느새 녹아 있다. 연고도 없는데 왜 김육의 불망비(不忘碑)가 익산시 함라면 면소재지에 세워져 있는지 궁금하다. 불망비라 하면 공덕을 기리기 위해 지방민들이 세워준 것이 분명하다.

김육은 대동법 시행을 주장한 실학자이자 개혁정치가로 잘 알려진 인물이다. 그의 개혁적인 성향은 가력(家歷)의 영향이 크다. 기묘사화 때 조광조와 함께 사화를 당한 대사성 김식의 3대손이자 대쪽 같았던 참봉 김흥우(金興宇)의 아들인 것이다.

대동법이란 잘 알다시피 수천 가지의 공물 대신 쌀로 통일하고 가호에 따라 무조건 받아왔던 세금을 토지 결수를 기준으로 받자는 것. 따라서 땅이 없는 사람은 세금을 내지 않아도 되었다. 김육은 줄기차게 대동법 시행의 이익을 들어 효종에게 주청했다.

"미포(米布)의 수가 남아서 반드시 공적인 저장과 사사로운 저축

삼대시대 이후로 오늘까지 하루도 제대로 다스려진 적 없다오. 백성들이야 무슨 잘못 있으리.
저 푸른 하늘의 뜻 알 수가 없네. 실학자 김육의 불망비

이 많아져 상하가 모두 충족하여 뜻밖의 역(役) 역시 응할 수가 있습니다."

더불어 김육은 교활한 아전과 방납업자들의 횡포도 고발했다.

"탐욕스럽고 교활한 아전이 그 색목(色目: 공물의 가지 수)의 간단함을 혐의하고 모리배들이 방납(防納: 관리와 결탁한 업자가 공물을 파는 일)하기 어려움을 원망하여 반드시 헛소문을 퍼뜨려 교란시킬 것이니, 신은 이 점이 염려됩니다."

그의 〈옛 역사를 보며(觀史有感)〉란 시를 보면 그의 지극한 애민 정신이 더욱 느껴진다.

(전략)

삼대시대 이후로 오늘까지
하루도 제대로 다스려진 적 없다오
백성들이야 무슨 잘못 있으리
저 푸른 하늘의 뜻 알 수가 없네
지난 일도 오히려 이러하거늘
하물며 오늘의 일이야.

從來三代下
不見一日治
生民亦何罪
冥漠蒼天意

旣往尙如此

而況當時事

　김육의 본관은 청풍, 자는 백후(伯厚), 호는 잠곡(潛谷). 선조 38년(1605)에 사마회시에 합격하여 성균관에 들어갔는데, 동료들과 광해군 1년(1609)에 청종사오현소(請從祀五賢疏: 김굉필, 정여창, 조광조, 이언적, 이황 등 5인을 문묘에 향사할 것을 건의하는 상소)를 올렸다가 문과에 응시할 자격을 박탈당하고 가평 잠곡에 회정당(晦靜堂)을 짓고 은거하게 된다. 이후 서인의 반정으로 인조가 즉위하게 되자 의금부도사가 되고 이듬해 음성현감이 된다. 이때 증광문과에 장원급제하여 정언이 되고 다시 안변도호부사로 나가 청나라 침입에 대비하였으며, 사신으로 명나라를 다녀온 후 예조참의 우부승지를 거쳐 충청도관찰사로 나간다. 도정을 펼치면서 대동법 시행을 관철하였고 수차(水車)를 만들어 보급하였다. 김육을 실학자라고 한 것은 백성들의 살림에 도움이 되는 화폐를 유통시키고 수레를 제조하였으며, 시헌력(時憲曆)을 제정하고, 지식을 집대성한 백과사전인 《유원총보(類苑叢寶)》를 편찬하였기 때문이다.

　특히 나그네가 그의 저술 중에서 주목하는 것은 《유원총보》이다. 《유원총보》는 47권 30책으로 37권은 음식을 집대성한 《음식문(飮食門)》인데, 〈차(茶)편〉이 나오고 있다. 〈차편〉에는 《다경》의 저자인

육우, 차의 효능, 차의 일화, 차세(茶稅)에 얽힌 얘기 등이 총 1천7백30여 자로 기록되어 다인들에게 그동안 접하지 못했던 흥미로운 정보를 주고 있기 때문이다.

다인들에게 김육의 《유원총보》가 소중한 것은 바로 이런 이유에서이다. 이목의 〈다부(茶賦)〉와 초의선사의 《동다송》이 차를 개인의 정서에 접목시킨 문학적인 다서(茶書)라면, 김육의 차에 관한 다양한 지식은 사전을 읽는 즐거움을 선사하고 있다.

그런데 불망비 앞에 당도한 나그네는 안타까움을 느낀다. 주변이 너무도 어수선하여 불망비가 초라하게 보인다. 옛사람들은 고마움을 잊지 않겠다고 불망비를 세웠을 터. 지금 사람들은 옛사람의 그 약속을 잊어버리고 살고 있지는 않은지. 난감하기만 하다.

가는 길 익산시에서 황등을 거쳐 함라면 면소재지까지는 20분 정도 걸린다. 영의정 김육의 불망비는 함라파출소 뒤에 서 있다.

원효대사

부안 개암사 원효방

다도란 차 한 잔에
분열을 씻어버리는 것

개암사에 도착하니 겨우 눈이 멎는

다. 원효 스님(元曉: 617~686)이 수도한 동굴인 원효방을 오르려면

산행을 해야 하는데 불가능하다. 절 경내를 오가는 것도 발이 쌓인

눈 속에 묻히곤 한다. 지장전에서 사시예불을 마치고 나오던 스님이

산행을 만류한다.

"원효방 가는 바위에 돌계단을 만들어놓았습니다만 눈이 쌓인 오

늘 같은 날은 큰일 납니다. 실수하면 최소한 중상이거나 황천행이니

아예 포기하십시오."

조금이라도 가까이 가보고 싶지만 오늘은 멀리서 보고 다음 기회

를 기약해야 할 것 같다. 원효대사가 수도한 곳은 전국에 산재해 있

지만 나그네가 오늘 원효방을 순례하려고 한 것은 스님께서 차를 마

셨다는 기록을 흥미롭게 보았기 때문이다.

이규보의 문집인《동국이상국집》23권에 수록된 〈남행월일기(南

行月日記)〉의 한 대목에 나온다. 당시 이규보는 전주목사록 겸 장서

분열을 지양하는 원효대사의 화쟁정신이야말로 다인들이 새겨듣고 실천해야 할 다도가 아닐까 싶다.
눈 쌓인 울금바위의 원효방과 장군방

기(全州牧司錄兼掌書記)라는 첫 버슬을 받아 전주로 부임하여 의욕적으로 시간을 내서 각 고을을 돌아다니며 보고 들은 바를 수필 형식으로 기록하여 남겼는데 그것이 바로 〈남행월일기〉인 것이다. 당시 이규보는 부녕현 고을 원과 손님 예닐곱과 함께 개암사 뒤의 원효방을 찾아갔는데 그때의 체험을 다음과 같이 기록하고 있다.

'높이가 수십 길의 나무 사다리가 있는데, 발을 포개고 매우 조심하여 걸어서 도달하였더니 뜨락의 층계와 창이 수풀 끝에 솟아 있었다. 듣자니 범과 표범이 살지만 아직은 올라온 놈이 없다고 한다. 원효방 곁에 한 암자가 있는데 사포(巳包) 성인이 살던 곳이라고 한다. 원효가 와서 살았기에 사포는 스님을 모시게 되어 차를 달여 스님께 올리려 하였다. 그러나 샘물이 없어 근심할 때 물이 문득 바위 틈에서 솟아났으니 물맛이 매우 달고 젖과 같아서 사포는 차를 점다(點茶)했다고 한다.'

높이가 수십 길이라면 올라가면서 현기증이 나서 두 다리가 후들후들했을 텐데, 그러면서까지 원효방에 오르고 싶었던 이규보의 심중은 무엇이었을까. 물이 젖과 같았다는 원효방 유천(乳泉)의 물맛을 보고자 위험을 감수하면서까지 올랐을 것 같다. 다인이라면 차의 맛을 좌지우지하는 물에 대한 유혹을 떨쳐버릴 수 없는 법이다. 잘 알다시피 이규보도 차에 심취해 있던 차꾼이었던 것이다.

원효가 이 남향의 바위동굴에서 수도한 때는 아마도 백제가 멸망

화쟁을 부르짖은 원효대사가 백제를 찾은 이유는 전쟁으로 나라 잃고 목숨 잃은 백제인들의 해원을 위해서가 아니었을까. 백제 고찰인 개암사 지장전

한 후 통일신라시대일 것이라고 짐작된다. 화쟁(和諍)을 부르짖은, 요즘 말로 하자면 반전주의자였던 원효대사이고 보면 백제 땅을 찾은 스님의 목적은 전쟁으로 나라 잃고 목숨을 잃은 백제인들의 해원(解寃)을 위해서가 아니었을까. 그런 사상을 지닌 스님이었기에 한국인 모두에게 민족의 성사(聖師)로 존경을 받고 있는 것이다.

원효의 속성은 설씨이고 아명은 서당. 불지촌(지금의 경산시 자인면)에서 태어나 소년 시절에는 화랑이 되었다가 진덕여왕 2년(648)에 황룡사로 출가한다. 스승 없이 불전을 공부하고 34세에 의상과 함께 육로로 당나라 유학길에 올랐다가 고구려군에 잡혀 귀향을 한다. 10년 뒤 다시 해로를 이용하여 유학길에 나섰지만 밤중에 해골에 괸 물을 마시고는 다음날 "진리는 결코 밖에서 찾을 것이 아니라 자기 자신에게서 찾아야 한다"고 깨닫고는 의상과 헤어져 돌아오고 만다. 이후 태종무열왕의 둘째 딸로, 백제와의 전투에서 남편을 잃고 상심해 있던 요석공주와 정을 나누고 설총을 낳게 되는데, 이때의 파계는 원효의 사상이 더욱 깊어지는 계기가 된다. 이때부터 원효는 자신을 복성거사라 칭하고 광대 복장을 하고 민중 속으로 뛰어들어 "모든 것에 거리낌 없는 사람이라야 생사의 편안함을 얻느니라"라는 〈무애가(無碍歌)〉를 부르며 다닌다. 이러한 원효의 무애행은 당시 수행자들에게 비난을 받기도 하여 고승을 초청하는 백고좌 법회에 끼지 못하기도 한다. 그러나 훗날 황룡사에서 《금강삼매경》

의 강설을 듣고는 당시의 고승들이 모두 부끄러워했다고 한다. 이후 원효는 입적 때까지 저술에 전념하여 《대승기신론소》나 《금강삼매경론》 등 1백여 부 240권(이 중 10부 22권만 현존한다)을 남긴다.

개암사 스님들은 뒷산의 울금바위(禹金巖) 중에서 왼쪽 동굴을 장군방, 오른쪽 동굴을 원효방이라고 부르는 모양이다.

"원효방은 정남향으로 다섯 평이 될까 말까 하고, 장군방은 수백 명이 들어갈 수 있는 큰 동굴입니다."

나그네는 문득 고개를 끄덕인다. 분열을 지양하는 원효대사의 화쟁정신이야말로 다인들이 새겨듣고 실천해야 할 다도(茶道)가 아닐까 싶다. 뿌리를 곧게 뻗는 차나무와 뿌리를 옆으로 뻗는 대나무가 서로 공존상생함으로써 그곳의 찻잎으로 최상의 죽로차(竹露茶)가 만들어지듯 다도에도 화쟁정신이 담겨 있는 것이다.

가는 길 서해안고속도로에서 부안나들목으로 나와 고창 방면 23번 국도를 타고 10여 분 가다 보면 개암사 진입로와 이정표가 나온다. 거기서 개암사까지는 2.4킬로미터의 거리다.

조계를 이어 나온 먼 손(孫)
행장 이르는 곳마다 사슴과 벗을 삼네
사람들아, 헛되이 날을 보낸다 하지 마오
차 달이는 틈에 흰 구름 본다네.
─사명대사

차 달이는 틈에
흰 구름 보는 것이 내일이라네

영남에서 만난 茶人

음다(飮茶)란 느림으로 돌아가서 자기를 성찰하는 행위이다.
차를 국물 마시는 것처럼 훌쩍 들이켜서는 안 된다.
차의 다섯 가지 맛을 다 느끼기 위해서는 혀를 충분히 적신 다음
아주 서서히 감사한 마음으로 마셔야 한다.

참됨을 지키고
속됨 거스른 차살림

화엄사에서 차의 본향인 화개(花開)로 내려오면 차 시배지 논란이 무의미하다는 것을 깨닫게 된다. 화개는 차 산지로서 지방 관아에 차를 만들어 바치는 차소(茶所)로 지정되었던 곳이다. 초의선사도 《동다송》에서 "지리산 화개동에는 차나무가 사오십 리나 잇달아 자라고 있는데, 우리나라 차밭의 넓이로는 이보다 지나친 것을 헤아릴 수가 없다"고 말했다.

화개에서는 장터에서도 차향을 맡을 수 있다. 나그네는 여러 화개 골짜기에서 만들어 장터에 내놓은 차들을 눈으로 맛본다. 차향에 취해 화개천 왼편으로 가면 명경다원이 있고, 오른편으로 오르다 보면 도심다원이 나온다. 도심다원 차밭 안에는 우리나라에서 가장 오래된 차나무가 있다. 차학회와 임업시험장의 조사에 따라 차이가 나지만 나이가 5백 년에서 1천 년으로 추정되는 이른바 최고차수(最古茶樹)이다. 한편 화개 주민들 사이에는 이런 차민요가 노인들의 입에서 입으로 전해지고 있다.

지리산 화개동에는 차나무가 사오십 리나 잇달아 자라고 있는데,
우리나라 차밭의 넓이로는 이보다 지나친 것을 헤아릴 수가 없다. 최초로 차씨를 심은 화개의 차 시배지

성품은 꾸밈이 없고 말 또한 꾸며 하지 않았으며 옷은 삼베라도 따뜻하게 여겼고, 음식은 겨와 싸라기라도 달게 여겼다.
최치원이 왕명을 받고 쓴 진감선사탑비명

선동골 밝기 전에 금당 복수(福水) 길어 와서

오가리에 작설 넣고 참숯불로 지피어서

꾸신 내가 한창 날 때 지리산 삼신할매

허고대에 허씨 할매 옥고대에 장유화상

칠불암에 칠왕자님 영지못에 연화국사

아자방에 도통국사 동해 금당 육조대사

국사암에 나한동자 조사전에 극기대사

불일폭포 보조국사 신선동에 최치원님

쌍계동에 진감국사 문수동에 문수동자

화개동천 차객들아 쌍계사에 대중들아

이 차 한 잔 들으소서.

금당 복수란 쌍계사 금당 석간수를 말하는데, 그 찻물을 길어다 '꾸신(고소한)' 냄새가 날 때까지 덖은 차를 우려서 지리산 삼신할매에서부터 화개골을 거쳐간 모든 고승 성인들과 쌍계사 스님과 다객(茶客)들까지 차공양을 올리겠다는 내용이다.

차민요에 나오는 다인들 중에서 오늘 나그네가 만나고자 하는 다인은 진감선사이다. 선사의 법호는 혜소(慧昭)인데, 스님은 금마(金馬: 지금의 익산)에서 신라 혜공왕 10년(774)에 태어나 생선 장사를 하며 빈한한 가정을 돌보다가 부모가 돌아가신 후 "어찌 매달려 있는 박처럼 나이 들도록 지나온 자취에만 머물러 있겠는가"라고 말하

참됨을 지키고 속됨을 거스르는 것이 선사의 차살림이 아니었을까. 차향이 감도는 쌍계사 경내

며 도(道)를 구하러 나선다. 애장왕 5년(804)에 세공사(歲貢使) 선단의 뱃사공이 되어 당나라로 건너가 마조의 선맥을 이은 신감(神鑑)선사의 제자가 된다. 스님은 헌덕왕 2년(810)에 숭산 소림사로 나아가 구족계를 받고 도의(道義)를 만나 함께 수행하다가 도의가 먼저 귀국하자 종남산으로 들어가 3년간 선정을 닦는다. 이후 자각(紫閣: 하남성 함곡관 밖의 지명) 네거리로 나와 짚신을 삼아 오가는 사람들에게 3년 동안 보시한 후 귀국한다. 이때가 흥덕왕 5년(830)인데 스님은 장백사(長柏寺: 지금의 상주 남장사)에 머물렀다가 화개곡으로 들어와 쌍계사의 전신인 옥천사를 창건한다. 스님은 번번이 왕의 부름에 하산하지 않고 불법을 펴다가 문성왕 12년(850) 77세로 입적에 든다. 탑이나 기록을 남기지 말라고 유언했으나 헌강왕은 스님의 시호를 진감(眞鑑), 탑호를 대공영탑(大空靈塔)이라 하고 최치원에게 비문을 짓도록 했다.

비문에는 노래(범패)도 잘했던 선사의 가풍이 잘 나타나 있다.

'성품은 꾸밈이 없고 말 또한 꾸며 하지 않았으며 옷은 삼베라도 따뜻하게 여겼고, 음식은 겨와 싸라기라도 달게 여겼다. 도토리와 콩을 섞은 밥에 채소 반찬은 항상 두 가지가 없었다.'

다인으로서 닮아야 할 청빈한 삶이 아닐 수 없다. 비문의 다음과 같은 구절은 까다로운 입과 혀를 가진 우리를 부끄럽게 만든다.

'중국차를 공양하는 사람이 있으면 돌솥(石釜)에 섶으로 불을 지펴 가루로 만들지 않고 끓이면서 나는 이것이 무슨 맛인지 알지 못하겠다. 배를 적실 뿐이다라고 했다. 진(眞)을 지키고 속(俗)을 거스르는 것이 모두 이러했다.'

그 옛날 중국차는 구하기 어려워 아주 진귀했을 터이다. 찻잎을 가루로 만들어 마시는 말차(末茶)였던 것 같은데, 진감선사는 말차의 번거로운 과정뿐만 아니라 "배를 적실 뿐이다"라고 말하며 맛에 탐닉하는 속(俗)을 경계하고 있다. 또한 돌솥(석부)이라는 다구가 정겹다. 요즘에는 전기포트를 사용하고 있지만 그 옛날에는 솔방울이나 솔가지로 불을 지펴 돌솥에 찻잎을 넣고 차를 우려냈던 것이다.

나그네는 국보 47호인 진감선사탑비를 보고 나서 진감선사가 찻물로 이용했던 금당 앞의 옥천으로 가본다. 사미승들이 마지를 한 손에 들고 돈오문(頓悟門)을 열고 있다. 문틈으로 그 옛날 진감선사의 차살림이 엿보인다. 참됨을 지키고 속됨을 거스르는 것이 선사의 차살림이 아니었을까.

가는 길 화개천 좌우 골짜기마다 펼쳐진 차밭이 칠불사까지 이어져 있다. 차 시배지 기념 석물은 쌍계사 옆에 있다.

차밭을 만들어
백성의 고통을 덜어주다

한겨울 햇살이 축복처럼 따사롭게

쏟아지고 있다. 나그네는 지금 김종직(金宗直)이 함양군수 시절에

조성했다는 관영(官營: 1431~1492) 차밭 터를 가고 있다. 목민관

이 백성을 위해 차밭을 만든 예는 아마도 역사상 최초일 터이다.

점필재(佔畢齋) 김종직은 우리나라 도학의 정맥을 이은 사림파의

종조(宗祖)로 불린다. 효제충신(孝悌忠信)을 최고의 덕목으로 삼아

실천하는 도학은 선산으로 낙향해 은거하던 길재에서 발원하여 김

숙자, 김종직, 김굉필, 조광조로 이어지는데, 특히 김종직은 사리(私

利)를 버리고 의(義)를 지키고 행하는 것이 도학을 공부하는 목적이

라고 했다. 김종직이 실천유학이라고도 불리는 도학의 삶을 산 것은

길재에게 공부한 아버지 김숙자의 영향이 컸다.

김종직이 관영으로 차밭을 일군 이유도 목민관으로서 애민(愛民)

을 실천하고자 하는 도학정신의 구현이었다고 보는 것이 옳다. 그의

문집인《점필재집》에는 함양 시절을 회상하면서 차세(茶稅)로 겪는

백성들의 고통을 다음과 같이 기록해놓고 있다.

'나라에 바칠 차가 이 고을(함양)에서는 나지 않는데도 해마다 백성들에게 차세가 부과되었다. 그래서 백성들은 나라에 차를 바치려고 전라도의 여러 곳에서 쌀 한 말을 주고 차 한 홉을 얻었다. 내가 이 고을에 부임하였을 때 이러한 폐단을 알고 백성들에게는 책임을 지우지 않고 관가에서 구입하여 대신 납부하였다.'

김종직은 관가에서 차세를 납부해주는 것에 그치지 않고 관영 차밭을 일군다.《점필재집》에서 그 사연을 요약하자면 이렇다.

어느 날 김종직은《삼국사기》를 읽다가 신라 흥덕왕 때 지리산에 당나라의 차씨를 심었다는 구절을 보고는 차나무를 찾는다. 마침내 노인들의 증언을 듣고 엄천사(嚴川寺) 북쪽 대숲 속에서 몇 그루의 차나무를 발견하고는 땅 소유자에게 관청 땅으로 보상한 뒤 차밭을 조성한다. 차나무가 무성해질 몇 년 후에는 차세를 걱정하지 않아도 되리라는 감회에 젖어 다시 두 수를 읊조린다.

> 신령차 받들어 임금님 장수코자 하는데
> 신라 때부터 전해지는 씨앗을 찾지 못하다
> 이제야 두류산(지리산) 아래서 구하게 되었으니
> 우리 백성 조금은 편케 되어 기쁘네.
> 欲奉靈苗壽聖君
> 新羅遺種久不聞

대밭 밖 거친 동산 백여 평 언덕에 자영차 조취차 언제쯤 자랑할 수 있을까. 다만 백성들의 근본 고통을
덜게 함이지 무이차처럼 명차를 만들려는 것은 아니라네. 김종직이 조성한 관영 차밭 터

如今擷得頭流下
且熹吾民寬一分

대밭 밖 거친 동산 백여 평 언덕에
자영차 조취차 언제쯤 자랑할 수 있을까
다만 백성들의 근본 고통을 덜게 함이지
무이차처럼 명차를 만들려는 것은 아니라네.
竹外荒園數畝坡
紫英鳥觜幾時誇
但令民療心頭肉
不要籠加栗粒芽

　지리산 실상사를 조금 지나자, 엄천사 터로 추정되는 휴천면 동강리 건너편에 '김종직 선생 관영 차밭 조성 터'라는 기념비가 눈에 띈다. 그 옛날 김종직이 함양 백성들의 고통을 덜어준 마음에 비하면 오늘의 정성이 부족하다는 느낌이 든다. 관영 차밭을 실제적으로 되살려 명차를 개발한다면 김종직의 애민사상도 기리고 지방자치단체의 세수에도 도움이 되지 않을까 싶은데 함양 군민의 뜻은 어떤지 궁금하다.
　나그네는 서둘러 함양읍으로 들어가 김종직이 함양을 떠나면서 너무 일찍 헤어진 늦둥이 아들 목아(木兒)의 넋을 달래기 위해 심은 느티나무를 눈에 담는다. 가족을 사랑할 줄 알아야 남도 사랑할 줄 안다는 말을 다시금 새겨보게 하는 수백 년 된 느티나무다. 사거리 건너편에는 학사루(學士樓)가 있다. 함양태수로서 선정을 폈던 최치원을 기리기 위해 지은 누각인데, 김종직과 그 제자들의 운명을 바꾸게 한 건물이기도 하다. 김종직이 당시 관찰사였던 유자광의 시판(詩板)을 보고는 소인배의 글이라 하여 누각에서 철거토록 했는데, 시판 철거는 훗날 연산군 때 훈구파에 의해 사림파가 참혹하게 화를 당하는 무오사화의 한 원인을 제공했던 것이다.

가는 길 88고속도로에서 지리산나들목을 빠져나와 실상사를 지나 30분 정도 달리면 김종직이 관영 차밭을 조성한 함양군 휴천면 동강리에 이른다. 함양읍을 가려면 동강리에서 지방도로를 타고 20여 분 직진하면 된다.

차와 바둑, 그리고 쟁기질을 사랑한 '서릿발 처사'

커다란 종처럼 하늘 아래 매달린 지리산 천왕봉의 정기는 산청군 어디서나 느껴진다. 남명(南冥) 조식(曺植)이 여생을 보내면서 후학을 가르치고 국정에 대한 헌책을 올린 곳도 마찬가지다. 세 칸 기와집 산천재(山天齋)가 있는 덕산 땅이 바로 그곳이다. 남명은 덕산 땅에 산천재를 지은 뒤 이런 맹세의 시를 짓는다.

봄 산 어디엔들 꽃다운 풀 없으리오
다만 천왕봉이 상제(上帝)와 가까움을 사랑해서라네
빈손으로 왔으니 무얼 먹고 살거나
은하가 십 리이니 먹고도 남으리.
春山底處无芳草
只愛天王近帝居
白手歸來何物食
銀河十里喫猶餘

산천재 마당을 지키는 매화나무 고목이 꽃망울을 달고 있다. 추위 속에서 꽃을 피우는 매화나무에 남명의 혼이 깃든 것 같다. 매화나무 꽃이 귀한 대접을 받는 것은 세상의 모든 꽃들이 겨울 추위에 자취를 감추고 없을 때 홀로 피어 있음이리라. 매화마저 피지 않는 겨울은 얼마나 삭막한가. 가지가지에 피어난 꽃망울이 더 이상 움츠러들지 말라고 마음의 균형을 잡아준다. 그래서 나그네는 매화를 반갑고 귀한 손님으로 여긴다.

남명도 매화나무와 같은 삶을 살았다. 그의 역할은 무엇보다 학문이 입신양명의 수단으로 기울어질 때 그 반대편에 서서 균형을 잡아준 것이었다고 생각한다. 남명은 벼슬하기를 철저하게 거부한 채 학문을 더욱더 연마하고 그것을 자신의 삶으로 꽃피게 한 유학자로 살았다.

산천재 마루 위 벽에 그려진 벽화가 남명의 삶을 함축해서 보여주고 있다. 정면 벽에는 바둑을 두는 그림, 오른쪽 벽에는 차를 달이는 그림, 왼쪽 벽에는 쟁기질하는 그림이 그려져 있는 것이다.

남명은 그림을 좋아했다. 자신이 흠모하는 주자(朱子)와 정자(程子)의 초상화를 그려 병풍으로 만들어놓고 느슨해지는 자신을 다스렸다. 어려운 성리학을 〈삼재태극도(三才太極圖)〉, 〈성위태극도(誠爲太極圖)〉, 〈천인일리도(天人一理圖)〉 등 10여 종의 도해를 그려 초심자들의 이해를 돕기도 했다.

의와 경이 남명에게 서릿발 같은 지침이었다면 차와 바둑, 그리고 쟁기질은 그의 삶을 따뜻하게 한 훈풍이었다.
조식이 수신하며 여생을 보낸 산천재

남명이야말로 유학자 산림처사로서 냉정한 머리와 훈훈한 가슴을 가진 인간미 넘치는 다인이 아니었을까.
지리산 천왕봉이 멀리 보이는 산천재

학문에 있어서 퇴계와 쌍벽을 이뤘던 남명은 연산군 7년(1501)에 합천 삼가에서 태어나 문과에 급제한 아버지의 부임지를 따라다니면서 학문을 익혔는데, 19세 때 기묘사화로 조광조 등이 극형에 처해지고 숙부 언경(彦卿)이 파직당하는 것을 보고는 세상의 부조리를 느꼈으며, 25세 때에 어느 절에서 《성리대전》을 보던 중 '벼슬에 나아가서도 하는 일이 없고, 산림(山林)에 처해서 지키는 것이 없다면 뜻한 바와 배운 바를 무엇에 쓰겠는가?' 라는 구절을 보고 크게 깨달아 과거공부를 단념했다. 30세 때부터는 처가가 있는 김해 신어산에 산해정(山海亭)을 짓고 제자를 길렀으며, 이후 헌릉참봉, 전생서주부(典牲署主簿), 상서원판관(尙瑞院判官) 등에 제수되었으나 벼슬길에 나아가지 않았다. 특히 단성현감을 사직하는 상소에서 '대비는 생각이 깊으나 깊은 궁궐의 한 과부에 불과하고, 전하는 어리시어 선왕의 한 고아일 뿐입니다' 라고 하여 조야를 크게 술렁이게 했다. 이 같은 직언은 산림처사의 위상을 재고하는 디딤돌이 되었는데, 남명은 만년에 그러니까 61세 때 여생을 보내려고 산천재를 지어 벽에 써둔 '경(敬)' 과 '의(義)' 를 지키며 살다가 72세 때 운명했다.

경과 의는 《주역》의 '경으로써 안을 곧게 하고, 의로써 밖을 반듯하게 한다(敬以直內 義以方外)' 라는 구절에서 연유한 말인데, 이는 남명사상의 핵심이기도 했다. 그는 패검에까지 '안으로 마음을 밝히는 것이 경이요, 밖으로 행동을 결단하는 것이 의다(內明者敬 外斷

者義)' 라는 구절을 새기고 다녔다. 운명할 때 제자들이 사후 칭호를 묻자 '처사(處士)로 하는 것이 옳다. 만약 벼슬을 쓴다면 나를 버리는 것이다' 라고 하였다.

의와 경이 남명에게 서릿발 같은 지침이었다면 차와 바둑, 그리고 쟁기질은 그의 삶을 따뜻하게 한 훈풍이었던 셈이다. 남명이야말로 유학자 산림처사로서 냉정한 머리와 훈훈한 가슴을 가진 인간미 넘치는 다인이 아니었을까.

가는 길 대전-진주간고속도로 단성나들목에서 지리산 중산리 쪽으로 직진하다가 대원사 가는 삼거리에서 덕산 쪽으로 내려가면 산천재와 남명기념관이 나온다.

차 대중화를
이끈 일등공신

차를 대중화하는 데 효당(曉堂) 최범술(崔凡述)만큼 공헌한 사람은 없다는 것이 다도계의 정설이다. 《한국의 차문화》의 저자 운학 스님도 "효당의 다통(茶統: 차살림)을 일본식이라고 평하는 경향이 있지만 그의 다통에 설사 그런 요소가 있다 하더라도 오늘 우리가 차를 이만큼 인식하게 된 데 절대적인 공로가 있다"고 말하고 있다.

연기조사, 의상대사, 도선국사 등 다승(茶僧)들이 머물렀던 다솔사. 차가 아니더라도 정겨운 절 이름이 주는 매력 때문에 꼭 가고 싶었는데, 막상 절에 당도하고 보니 듣던 대로 다사(茶寺)의 분위기가 물씬 풍긴다. 법당 뒤로 부챗살처럼 펼쳐진 차밭이 햇살을 받아 반짝이고 차밭에 그늘을 드리우는 편백나무 숲도 황금빛으로 빛나고 있다.

효당만큼 이력이 다양한 사람도 드물 것이다. 승려이자, 3·1운동 때 영남지방에 독립선언서를 배포하고 훗날 비밀결사인 만당(卍黨)

음다(飮茶)란 느림으로 돌아가서 자기를 성찰하는 행위이다. 효당 최범술이 차씨를 뿌린 다솔사 뒤편의 차밭

을 조직한 독립운동가, 제헌국회의원으로 활동한 정치가, 국민대학교를 창설한 교육자, 다도인(茶道人) 등등이다.

1904년에 다솔사 앞마을에서 태어난 효당은 곤양보통학교를 졸업한 다음해인 1916년에 다솔사로 출가한다. 그는 승려 신분으로 일본 유학생이 되어 다이쇼대학(大正大學)에서 불교학을 공부하고, 국내로 돌아와 박열(朴烈)의 천황 암살 계획을 돕고자 상해로 잠입하여 폭탄을 운반한다. 8개월간의 옥고를 치른 그는 단재 신채호의 유고를 간행하여 또다시 고초를 겪는다. 이후 만해 한용운의 제자가 되어 그의 환갑잔치를 다솔사에서 치러주고 해방 후에는 해인사 주지를 지내는 등 다양한 경력과 일화를 남기는 가운데 1960년 그의 나이 56세를 분기점으로 하여 1979년 입적 때까지 다솔사 조실로 주석하면서 자신의 여생을 차로 회향한다.

그의 다도는 엄격했으며 차맛은 짜기로 유명했다. '짜다'는 말은 다인들의 은어로 차의 맛이 진하다는 뜻이다. 나그네가 극락암 선원장 명정 스님에게 들은 얘기다.

"탕관에서 물을 푸기 전에 선방에서 입정(入定)하듯 차도구로 탁탁탁 치더군요. 무릎을 꿇고 찻잔을 돌리는데 찻잔에서 손을 뗄 때는 손으로 원을 그렸습니다. 그래서 내가 '바쁜데 뭐 그럴 필요가 있습니까?' 했더니 '아, 사람아 바쁘기는 뭐가 바빠. 공연히 바쁠 것이 없는데 자기가 만들어서 바쁜 것이지' 하고 핀잔을 주더군요. 또한 효당의 차는 짜기가 소태 같았습니다."

빠른 속도에 중독된 오늘 우리들이 새겨들어야 할 말인 것 같다. 더구나 차 마시는 사람이라면 명심해야 할 화두 같은 말이다.

"공연히 바쁠 것이 없는데 자기가 만들어서 바쁜 것이지."

음다(飮茶)란 느림으로 돌아가서 자기를 성찰하는 행위이다. 차를 국물 마시는 것처럼 훌쩍 들이켜서는 안 된다. 차의 다섯 가지 맛(五味)을 다 느끼기 위해서는 혀를 충분히 적신 다음 아주 서서히 감사한 마음으로 마셔야 한다.

효당은 다솔사 작설차의 맛에 대해 대단한 자부심을 가졌던 것 같다. 말년에 그를 찾아온 다인들에게 어린 사미승 시절에 노승으로부터 들은 구전(口傳)을 회상하곤 했다. 다솔사 작설차맛은 하동 화개차나 구례 화엄사 차보다 나았다는데, 실제로 산지를 구별하여 차와 쇠고기를 넣고 같은 물에 끓여본 결과 화엄사 차를 넣은 쇠고기는 단단하고, 화개사 차가 들어간 쇠고기는 부드러우며, 다솔사 차가 들어간 쇠고기는 흐물흐물 물러지더라는 것이다. 효당은 스스로 다솔사의 상품차를 반야로(般若露), 다음 등급을 반야차(般若茶)라고 이름 지어 보급했다는데 나그네는 지금 그 맛을 볼 수 없어 아쉽기만 하다.

최근에 어느 시민단체에서 효당이 친일 변절자가 아니냐는 의혹을 제기하고 있는데, 동국대학교 김상현 교수는 조목조목 반박하고 있다. 김 교수의 주장은 한마디로 효당의 북지황군위문사 활동이나 다솔사의 내선불교학술대회 개최는 항일세력을 돕기 위한 협력 내지는 위장이었다는 것이다. 부정확한 인물 평가는 일제청산이라는 본질 자체를 흐리게 할 수도 있으므로 재삼 신중해야 할 것이다.

가는 길 남해고속도로에서 곤양나들목으로 나가면 바로 곤양읍이 나오고, 다솔사는 읍에서 2킬로미터쯤 떨어진 거리에 있다.

청산에 차 있으니
세상에 나가지 않으리

해인사 초입의 계곡가에서 흐르는 물을 내려다본다. 푸른 낙락장송 사이로 노랗고 붉은 낙엽이 물 위에 점점이 떠 흐르고 있다. 계곡 이름 그대로 홍류동(紅流洞)이다. 건너편 정자 앞 계곡가에는 '고운 최치원 선생 둔세지(孤雲崔致遠先生遁世地)' 라는 표지석이 서 있다. 외로운 구름처럼 떠돌다 간 고운 최치원이 은둔한 땅이라는 표지석이다. 정자 이름은 농산정(籠山亭). '농산' 이란 고운이 가야산 홍류동을 읊조린 시 구절에서 빌린 말이다.

바위 골짝 치닫는 물 첩첩산골 뒤흔드니
사람 말은 지척에도 분간키 어려워라
세속의 시비 소리 행여나 들릴세라
흐르는 계곡물로 산 둘러치게 했나.
狂奔疊石吼重巒
人語難分咫尺間

세속의 시비 소리 행여나 들릴세라 흐르는 계곡물로 산 둘러치게 했나. 최치원이 가족을 데리고 은둔한 농산정 송림

常恐是非聲到耳
故教流水盡籠山

　고운이 가야산을 첫 은둔지로 택한 것은 해인사에 그의 친형인 현준(賢俊) 스님과 친교가 두터웠던 화엄 종장(宗匠) 희랑(希朗) 스님이 있기 때문이었다.

　고운은 신라 헌안왕 1년(857)에 경주 사량부에서 태어난다. 아버지는 6두품인 견일(肩逸)로, 그는 12세에 당나라로 유학을 떠나 필사의 노력으로 6년 만인 17세 때 과거에 급제한다. 잠시 벼슬을 얻지 못하다가 20세에 표수현위에 임관되지만 고운은 1년 만에 '덩굴풀처럼 누구에게 붙어 사느니, 거미가 줄을 치듯 제 힘으로 생계를 꾸려나가고자 한다. 수없이 생각해봐도 학문하는 것만 못하다'라며 현위를 사임한다. 그러나 그의 녹봉은 곧 바닥이 났고, 설상가상으로 황소(黃巢)의 반란군이 밀어닥쳐 생계가 아닌 생사를 걱정하기에 이른다.

　이때 문사 고병(高騈)이 회남절도사로 부임하고 지인의 도움으로 관역순관(館驛巡官)에 기용된다. 이후 고운은 고병의 신임으로 중요 직책을 맡는다. 서거정이 우리나라 시문집의 비조라고 찬양했던 《계원필경》 20권의 글도 이 무렵에 써둔 것이다.

　고운의 차살림은 중견 관리로서 공사석의 많은 행사에 불려 다닌

동쪽나라 화개동은 병 속 같은 별천지, 신선이 옥 베개 밀치니 순식간에 천 년이 되었네.
농산정 앞의 최치원 선생 둔세지 표지석

이 시기부터 시작되었을 것이다. 《계원필경》 〈사탐청요전장(謝探請料錢狀)〉에 '본국의 사신 배가 바다를 지나간다고 하니 이 편에 차와 약을 부쳤으면 합니다' 라고 병든 부모에게 차와 약을 보내는 문장이 보인다.

고운은 당의 혼란과 부모의 병환 때문에 28세 때 귀국길에 오른다. 그는 헌강왕에게 환대받지만 벼슬은 요직이 아닌, 경서를 강의하는 시독(侍讀), 문필기관의 부책임자인 지서서감(知瑞書監), 유학한 학자에게 주어지는 한림학사, 병부에 자문하는 수병부시랑(守兵部侍郎)을 하사받는다.

그런데 헌강왕에 이어 왕의 동생 정강왕마저 1년 만에 죽자, 고운은 진골들의 견제를 받아 지방 태수로 전전한다. 미소년을 불러들여 요직에 앉히는 등 진성여왕의 난정으로 반란이 자주 일어나 신라는 급격히 망국의 길로 접어든다. 궁예와 견훤이 등장하는 것도 이 무렵이었다. 이에 고운은 진성여왕에게 구국책의 일환으로 〈시무십여조(時務十餘條)〉를 직언하지만 건의는 여왕과 기득권을 지키려는 진골귀족들에게 묵살당하고 만다.

마침내 고운은 42세 때 자의반 타의반으로 가족을 이끌고 가야산으로 입산한다. 고운은 지리산에도 들어가 청학동과 삼신동, 고운동 계곡, 천왕봉 아래 법계사, 차밭이 드넓은 화개동에서 차를 마시며 신선처럼 산다. 그가 화개동에서 살았다는 증거는 《지봉유설》에 소개되고 있는 고운의 시 〈화개동시(花開洞詩)〉다.

동쪽나라 화개동은

병 속 같은 별천지

신선이 옥 베개 밀치니

순식간에 천 년이 되었네

일만 골짜기에 우렛소리 울리고

천 봉우리엔 비 씻긴 푸나무 싱그럽네

산승은 세월을 잊고

나뭇잎으로 봄을 기억하네.

(하략)

東國花開洞 壺中別有天

仙人推玉枕 身世欻千年

萬壑雷聲地 千峯雨色新

山僧忘歲月 惟記葉間春

나그네는 농산정에서 나와 고운과 희랑 스님이 차를 나누며 세상을 논했던 학사대로 가본다. 그러나 《팔만대장경》이 보관된 해인사 장경각 옆 학사대는 터만 남아 있고, 전나무 한 그루가 못다 펼친 고운의 꿈인 양 하늘을 찌를 듯 솟구쳐 있을 뿐이다.

해인사의 주소가 가야면 치인리라 하던가? 치인리의 '치인' 이 최치원의 '치원'에서 유래됐다는 자못 흥미로운 이야기를 언젠가 이 곳 주민에게서 들었던 것도 같다. 마을 이름도 최치원이 흘린 그림자가 아닐 수 없다.

가는 길 88고속도로에서 해인사나들목을 빠져나와 해인사 가는 길로 가다 보면 국립공원매표소가 나오고 조금 지나면 홍류동 계곡가에 농산정이 나타난다.

고국이 그리워 하늘
끝에서 차를 마시노라

사명대사(四溟大師)의 혼이 서린

밀양의 표충사를 들러 해인사로 가는 길이다. 잘 알다시피 밀양은

사명대사의 고향이자 차의 고장이다. 밀양은 다죽리(茶竹里), 다원

동(茶院洞), 다촌(茶村), 사명대사의 생가 터 이웃마을인 다례리(茶

禮里) 등 차와 관련된 지명이 많은 땅이다.

지금 나그네가 가는 곳은 사명대사가 열반한 해인사 홍제암이다.

호국의 수행자로 잘 알려진 사명대사가 다인이었다는 사실을 아는

사람은 그리 많지 않다. 그러나 그가 남긴 다시 한 편을 보면 다선일

여의 수행자였음을 금세 짐작할 수 있다.

조계(혜능)를 이어 나온 먼 손(孫)

행장 이르는 곳마다 사슴과 벗을 삼네

사람들아, 헛되이 날을 보낸다 하지 마오

차 달이는 틈에 흰 구름 본다네.

사람들아, 헛되이 날을 보낸다 하지 마오. 차 달이는 틈에 흰 구름 본다네. 사명대사가 열반한 홍제암

係出曹溪百代孫
行裝隨處庶爲羣
傍人莫道虛消日
煮茶餘閑看白雲

〈지호선백에게 주다(贈智湖禪佰)〉란 제목의 다시인데, 차를 달이
는 동안 흰 구름을 응시하며 인생을 관조하는 선적인 정경이 손에
잡힐 것 같다.

스님의 법명은 유정(惟政), 당호는 사명. 중종 39년(1544)에 태어
나 15세에 어머니를, 16세에 아버지를 잃고 직지사로 출가한다. 2년
만에 승과에 합격한 뒤, 30세에 직지사 주지가 된다. 이후 32세 때
봉은사 주지로 천거되나 사양하고 묘향산으로 들어가 서산대사(휴
정)의 제자가 되어 3년 동안 용맹정진한다. 이후 운수납자가 되어
10여 년 동안 만행을 하였고, 43세 때 옥천 상동암에서 소낙비에 떨
어진 꽃을 보고 무상의 도리를 깨달았다.

임진왜란은 49세 때 맞았는데, 고성의 적진에 들어가 왜장을 감화
시키기도 하고 영동의 아홉 마을을 참화로부터 벗어나게 한다. 더
나아가 사명은 재약사(지금의 표충사)에서 의병들을 모아 이끌고 서
산대사의 휘하로 들어간다. 그 무렵 서산대사는 왕명으로 승병을 총
지휘하고 있었던 것이다. 이듬해 정월, 사명은 명군과 함께 평양성

을 탈환하는 데 공을 세워 선교양종판사가 되며, 뒤이어 전공을 인정받아 숭유배불의 분위기 속에서 벼슬이 당상직(堂上職)에 오른다. 다음해 선조 27년(1594)에 사명은 울산 서생포에 있던 가토 기요마사(加藤淸正)의 진중으로 들어가 적정을 탐지한다. 그때 사명은 가토 기요마사와 대화를 하면서 조금도 두려워하는 기색이 없었다. 가토 기요마사가 먼저 "당신네 나라에는 보배가 많지요?" 하고 물었다. 이에 사명은 "우리나라에는 별달리 보배가 없고 오로지 장군의 머리를 보배로 여깁니다"라고 대답했다. 다시 "그게 무슨 말이오?" 하고 묻는 말에 사명은 말했다.

"우리나라에서는 1천 근의 황금과 1만 호의 식읍을 현상금으로 내걸고 장군의 머리를 구하니 보배가 아니고 무엇입니까?"

이에 가토 기요마사는 너털웃음을 지으며 사명을 존숭하게 되었다고 전해진다. 이로 인해 사명은 가토 기요마사의 진영을 세 번이나 드나들었던 것이다. 선조 37년(1604) 사명의 나이 62세 때에는 대마도를 거쳐 왜의 본토로 들어가 도쿠가와 이에야스(德泉家康)를 만나 화친을 맺는다. 이와 함께 동포 3천여 명을 데리고 귀국하여 선조에게 복명하자 선조는 사명에게 가의대부 품계를 내린다. 그해 10월, 사명은 묘향산으로 가 스승 서산대사의 영탑을 참배하고 선조 40년(1607)에는 치악산으로 들어가 병을 치료한다. 병이 더 깊어지자 사명은 해인사로 내려가 요양하던 중 광해군 2년(1610)에 입적

마음에 불을 댕기는 듯한 종소리가 마치 담대한 대사의 음성 같다.
홍제암에 자리한 사명대사 부도

한다.

사명대사가 남긴 다시 중에는 왜국에서 지어진 것들이 있는데, 고국을 그리워하는 대사의 심정이 잘 나타나 있다.

고국 이별한 지 해가 지났는데
멀리 하늘 끝에 노니누나.
故別國經歲
遠遊天一隅

(중략)

사미가 찻잔을 내놓고
호백은 방석을 펴네.
沙彌開茗碗
胡伯展團蒲

사명대사가 요양 중에 열반한 홍제암에 드니 막 저녁 범종소리가 난다. 마음에 불을 댕기는 듯한 종소리가 마치 담대한 대사의 음성 같다. 나그네는 대사의 부도 앞에서 범종소리가 끝날 때까지 합장한 채 걸음을 멈춘다.

가는 길 남해고속도로 해인사나들목에서 해인사로 직진하면 홍제암에 이른다. 홍제암은 해인사 산문 밖 왼쪽 길 끝에 있다.

차 한 사발, 시 한 수에
번뇌를 잊다

자장율사가 창건한 통도사 산자락 중에서 최고의 명당은 극락암이라고 한다. 그래서 극락암을 제2의 통도사로 가꾸겠다는 소문까지 들린다. 불과 20여 년 전만 해도 전국의 수행자들이 극락암 선방에서 한 철 공부해보는 것이 소원이었다고 전해진다.

더욱이 그때 극락암에는 고승 경봉선사(鏡峰禪師)가 계셨다. 성철 스님이 흐트러진 선풍(禪風)을 진작시킨 분이라면 경봉선사는 중생교화에 진력하신 분이다. 성철 스님은 제자들이 한가하게 차를 마시고 있으면 다구를 발로 뒤엎을 정도로 불벼락을 내렸지만 경봉선사는 누구든 불법을 물어오면 시자더러 차를 달여 오게 하여 일완청다(一椀淸茶)를 권했다.

경봉선사는 다시도 많이 남겼다. 다음의 시는 선사가 설법을 마치면서 읊조리곤 했던 다시이다.

하늘에 가득한 비바람 허공에 흩어지니
달은 천강의 물 위에 어려 있고
산은 높고 낮아 허공에 꽂혔는데
차 달이고 향 사르는 곳에 옛 길이 통했네.
滿天風雨散虛空
月在千江水面中
山岳高低揷空連
茶煎香蓺古途通

옛 길이란 모든 수행자들이 이르고자 했던 '자유의 길' 즉, 번뇌로
부터의 해탈이 아닐까 짐작해본다. 경봉선사는 1892년에 밀양에서
태어나 13세에 한학을 공부하고, 15세에 어머니가 별세하자 1년 만
에 통도사로 가 출가한다. 통도사에서 경(經)을 공부하던 중 '종일토
록 남의 보배를 세어도 반 푼어치의 이익이 없다(終日數他寶自無半
錢分)'라는 구절에 충격을 받고는 바로 참선수행의 길에 든다. 해인
사 퇴설당으로 가서 제산(霽山)선사의 지도를 받아 용맹정진하는
데, 졸음과 들끓는 망상을 이기려고 기둥에다 머리를 박고 허벅지를
멍이 들도록 꼬집고 얼음을 입 속에 머금어 생니가 모두 흔들린다.
그래도 시원찮아 장경각 뒷산으로 올라가 울고 고함을 친다. 스님은
다시 10여 년을 정진한 끝에, 36세 때 극락암 삼소굴에서 이른 새벽
무렵 촛불이 춤추는 것을 보고 활연히 크게 깨닫는다. 이후 62세에

경봉선사는 누구든 불법을 물어오면 시자더러 차를 달여 오게 하여 일완청다
(一椀淸茶)를 권했다. 경봉 스님이 수행 중에 발견한 산정약수

는 극락암 선원 조실로 추대되고 91세에 입적에 들 때까지 극락암에서 유유자적한다.

입적 때 시자가 "스님, 가시면 보고 싶습니다. 어떤 것이 스님의 참모습입니까?" 하고 묻자 "야반삼경에 대문 빗장을 만져보거라"라고 대답했는데, 그 임종의 말씀은 불자들 가슴에 오랫동안 감동을 주었다. '한밤중에 대문 빗장을 만져보라'는 말씀은 밤낮으로 부지런히 정진하고 늘 깨어 있으라는 말씀일 터이다.

나그네가 경봉선사를 흠모하는 것은 스님의 한없는 자비심 때문이다. 다음의 얘기는 나그네가 통도사 밖에 살던 한 노파에게 들은 사연이다. 1960년대 초만 해도 피를 토하는 떠돌이 폐병환자가 많았다. 그런 폐병환자 중 하나가 거지가 다 된 꼴로 통도사에서 받아주지 않자 극락암을 찾았다. 경봉선사가 혼자서 독경을 하고 있는데, 환자가 기어드는 목소리로 "스님, 하룻밤 묵어갈 수 있습니까?" 하고 묻자 스님이 허락했다. 환자는 방에 들어서자마자 스님의 얼굴과 옷에 피를 쏟고 만다. 그런 후 쓰러져버렸다. 스님은 아무 말 없이 환자의 얼굴에 묻은 피를 닦아주고 자신의 새 가사를 꺼내 환자에게 입혔다. 한 시간쯤 후 눈을 뜬 환자는 면목 없어하며 방을 나서려 했다. 그러나 스님은 따뜻한 차로 기운을 내게 한 다음 오히려 다음날부터 환자를 정성껏 돌보아 병을 낫게 하고 제자로 만들었다. 이 세상으로부터 버림받은 환자에게도 자비로운 차 한 잔을 권했던

"스님, 가시면 보고 싶습니다. 어떤 것이 스님의 참모습입니까?" "야반삼경에 대문 빗장을 만져보거라."
경봉 스님이 조성한 극락암 극락영지

경봉선사의 자비심을 떠올릴 때마다 진정한 수행자상을 보는 것 같아 가슴이 훈훈해진다.

수행자가 깨달음의 경지를 잃지 않기 위해 정진하는 것을 '보임(保任)'이라 하는데, 스님은 보임을 위해 여느 고승처럼 깊은 산중으로 들어가 은거하지 않고 극락암을 지키며 미망의 중생들을 차 한 잔으로 제도했던 것이다.

스님의 가풍은 참선과 불학, 염불, 기도, 다도 등 불가의 모든 방편이 한데 어우러진 참으로 깊고도 넓은 화엄의 바다였다. 스님은 선방의 수좌들이 공부가 안 된다고 하소연하면 당신의 오도(悟道) 경험을 들려주면서 '야반삼경에 촛불춤을 보라'고 하셨고, 중생들이 힘든 삶을 고백하면 '이왕 사바세계에 왔으니 근심걱정 놓아버리고 한바탕 멋들어지게 살라'고 했다. 또한 스님은 한국의 근현대 고승인 혜월, 만공, 용성, 만해, 한암, 제산, 효봉, 동산, 향곡, 전강, 청담, 일타 스님 등과 격외의 편지를 주고받았는데 그 기록들은 소중한 자료로 남아 전해지고 있다.

특히 효봉 스님에게 말년의 안거처로 표충사를 주선하여주었고, 효봉 스님이 열반에 들자 다음과 같은 다시를 지어 보냈다.

새벽 해 허공에 솟아 구름이 봉우리에 흩어져도
하늘과 땅 변함없이 옛 모습 그대로세

종사의 입적 보이심 지금 이러하니

향 사르고 차 달이며 송(頌) 한 수를 짓네.

曉日昇空雲散峰

乾坤不變舊時容

宗師示寂今如此

香熱茶煎又一頌

마음을 다해 다시 한 수를 지어 추모하는 경봉선사의 담백하고 조촐한 가풍이 부럽기만 하다. 먼저 간 도우에게 향 사르고 차 달이는 일이야말로 온 마음을 드러내는 정성인 것이다.

가는 길 경부고속도로에서 양산에 들어 통도사나들목을 빠져나오면 바로 통도사 산문이 나오고, 다시 포장된 산길을 타고 직진하여 10여 분 달리면 극락암에 이른다.

한 잔의 차는 한 조각 마음에서 나왔으니
한 조각 마음은 한 잔의 차에 담겼어라
마땅히 이 차 한 잔 한번 맛보시게
한번 맛보시면 한없는 즐거움이 솟아난다네.
— 함허선사

달빛 아래 집 주변엔 차 연기 피어나고

경기·충청에서 만난 茶人

진정한 다인이 되려면 직접 차씨를 심고 길러 차를 덖어 마셔야 한다.
그래야만 자연의 섭리를 깨닫게 되고, 노동의 신성함을 알게 된다.
차씨 한 알에도 연기(緣起)의 도리가 담겨 있다.
햇볕과 바람과 비와 흙이 있음으로 해서 한 알의 차씨는 비로소 싹이 튼다.

차례를 차례답게 하는
정성스러운 차 한 잔

나그네가 서원 중에서 가장 가보고 싶은 곳 중에 하나가 사계(沙溪) 김장생(金長生) 선생이 제자를 양성한 돈암서원(遯巖書院)이다. 우리나라 3대 서원 중 하나이고 대원군의 서원철폐령에도 예외적으로 보존되었던 곳인데, 나그네는 그런 역사적인 이유보다는 다분히 개인적인 사연이 있어서이다.

차례(茶禮)를 지내면서 왜 차를 올리지 않을까 하고 어린 시절에 의아하게 생각했던 적이 많았다. 그런데 10여 년 전, 어느 날 예를 다룬 저술 중에서 가장 뛰어나다고 평가받는 예학의 태두 김장생의 《가례집람》 강의를 듣다가 음력으로 초하루와 보름에 지내는 삭망차례 때는 신주 오른쪽에는 술잔을, 왼쪽에는 찻잔을 놓는다는 대목에서 '아, 그래서 차례(茶禮)구나' 하고 비로소 이해가 됐던 것이다.

차례를 무심코 지내기보다는 자라는 아이들에게 차례의 의미를 설명해주면 어떨까 싶다. 알고 지내는 것과 모르고 지내는 것의 차이는 크리라고 본다. 결코 어려운 일이 아니니 이 글이 도움이 되었

정성으로 치자면 물보다 차가 더하지 않겠는가. 돈암서원 편액

으면 좋겠다.

〈가례집람도설〉의 제기도(祭器圖)에 찻잔과 다선(茶筅), 다탁(茶托), 다완(茶碗) 등 다구들이 구체적으로 나오는 것으로 보아 사계 선생이 평소에 차살림을 했으며, 차에 대한 지식이 깊었다는 것을 유추할 수 있었다.

제사에 대한 사계 선생의 정의는 참으로 명쾌하기만 했다. 사계 선생이 일찍이 향리에 있을 적에 사람이 찾아와 "오늘 집안의 개가 새끼를 낳아 불결하니 제사를 지내지 않아도 괜찮겠습니까?" 하고 물으니 선생은 "괜찮습니다"라고 말했다.

또 한 사람이 찾아와 "집안에 아이를 낳은 일이 있는데 제삿날입니다. 그러나 예를 폐할 수 없는 일이니 비록 제사를 지내더라도 또한 불가함이 없겠습니까?" 물으니 선생은 또 "괜찮습니다"라고 말했다.

선생을 모시고 있던 사람이 선생의 말을 의심스러워하니 선생은 "앞 사람은 정성이 없으므로 제사를 지내고자 하지 않았고, 이 사람은 정성이 있기 때문에 제사를 지내고자 한 것이다. 예는 의식에 있는 것이 아니라 정성에 있는 것이다"라고 말했다.

과거에 나아가지 않아 높은 관직에는 오르지 못했으나 조선의 사정에 맞게 예학을 정립한 사계는 명종 3년(1548)에 한양에서 태어나 10대에는 송익필로부터 사서와 《근사록》을 배웠고, 대사헌을 지낸 아버지 계휘의 권유로 20세 무렵에는 이이의 문하에 들어간다.

이후 사계는 창릉참봉을 지내다가 아버지를 따라 명나라에 다녀온 뒤 품계가 낮은 여러 벼슬을 거쳐 정산현감이 된다. 다음해 임진왜란 때는 백성들의 피난길을 돕고 호조정랑이 되어 명나라 원군의 식량 조달을 담당한다. 전란이 끝난 뒤 유성룡의 천거로 종친부전부(宗親府典簿)가 되고, 2년 후 선조 35년(1602) 익산군수로 나갔다가 북인이 득세하자 사직하고 연산으로 내려간다.

정묘호란 때는 팔십 노구를 이끌고 양호호소사(兩湖號召使)를 맡아 의병을 모으고 흉흉한 민심을 가라앉혔다. 후에는 형조참판이 되었으나 한 달 만에 낙향하여 예학 정립과 제자 양성에 전념한다. 물러난 학자였지만 서인의 영수격이 된 그의 영향력은 지대했다.

사계의 저서는 거의 예학에 관한 것으로《상례비요》,《가례집람》,《전례문답》,《의례문해》등을 남겼고, 제자로는 대표적인 인물이 우암 송시열이다. 유학의 대가가 된 송시열도 스승의 영향을 받아 다인이 되었던 것은 두말할 필요가 없겠다.

나그네는 사계 선생이 교생들을 가르치던 응도당(凝道堂) 앞에서 차례에 대해 다시 생각해본다. 일반 가정에서 차례 때 차 대신 물이 올려진 것은 아마도 차가 그만큼 귀했기 때문일 것이지만《삼국유사》의 〈가락국기〉에 문무왕이 수로왕의 제사 때 차를 올리라고 한 것이나《조선왕조실록》에 차가 제물로 올려졌다는 기록이 수없이 나오는 만큼, 더구나 지금은 차가 대중화되고 있으니 차례 때는 물 대신 차를 올리는 것이 어떨까 싶다. 다인들이라도 먼저 옛 풍속을 되찾았으면 싶다. 정성으로 치자면 물보다 차가 더하지 않겠는가.

가는 길 호남고속도로 서대전나들목을 나와 연산 이정표를 보고 24킬로미터쯤 달리면 돈암서원이 나타난다. 버스는 서대전버스터미널에서 논산시 연산면까지는 직행 버스를, 다시 돈암서원까지는 시내버스를 이용하면 된다.

차 한 잔에 도학사상을
녹여낸 진정한 '차의 아버지'

다인들은 한재(寒齋) 이목(李穆: 1471~1498)을 차의 아버지(茶父), 혹은 다선(茶仙)이라고 부른다. 그가 남긴 〈다부(茶賦)〉는 비록 1,321자의 짧은 차 글이지만 이목의 선비사상과 도학정신, 혹은 차에 대한 안목이 얼마나 깊었는지를 헤아려보기에 조금도 부족함이 없는 글이다.

김종직 문하에서 도학을 공부한 이목이 차살림을 본격적으로 하게 된 것은 24세에 중국 연경을 다녀온 뒤부터였다. 특히 이목은 중국의 다성(茶聖) 육우의 《다경(茶經)》과 마단림의 《문헌통고(文獻通考)》 등을 구해 보고는 직접 중국차의 산지와 유적지를 돌아보고 차의 맛에 매료됐던 것으로 추측된다.

차에 대한 논문 같은 〈다부〉를 보면 차와의 인연을 얘기한 서문에 이어 본론에는 중국차의 품종과 산지 및 풍광, 차 달이기(煎茶)와 마시기(七修), 그리고 차의 공과 덕, 마지막 결말에는 차를 예찬함과 동시에 '내 마음의 차'라며 다심일여(茶心一如)로 승화시키고 있음을 알 수 있다. '차 달이기와 마시기' 부분의 내용이 너무 좋아 유건집 선생의 의역을 소개하자면 이렇다.

'차를 끓이는 순간만은 세속의 먼지를 털고 깨끗한 정신으로 돌아가려 한다. 그래서 손수 찻사발을 씻는 것이니, 이는 자신의 정화(淨化)를 뜻한다. 서둘 것이 없다. 예부터 차를 끓이는 것은 물을 끓이는 것이라 하지 않았던가. 조용히 깨끗한 석천수(石泉水)를 길어다 끓이며 한가로이 전다삼매(煎茶三昧)에 빠져 즐기는 것이다. 바야흐로 탕관의 주구 밖으로 가득히 흰 김 뿜어나오니 흡사 여름날 산자락에 구름이 뭉실뭉실 피어오르는 기운이요, 안으로는 물이 끓어올라 표면에 하얗게 퍼지니 얼음 녹은 봄 강물에 물결이 이는 형태로다.

세차게 끓는 소리 쏴아쏴아 매서운 서릿바람이 소나무와 댓잎을 스치며 부는 소리같이 소슬하네. 차향기 떠올라 점점 퍼지는 형세는 전쟁 중의 전함들이 빠른 기세로 오가며 온 수면을 꽉 채운 듯하네. 이 좋은 순간 놓치지 않고 모든 다인들이 최고로 손꼽는 혼자서 마시는 경지에 이른다네. 손수 따라 마시면 현실에 찌들어 잘못되었던 생각들이 제자리로 돌아오고 평상의 본심을 찾을 수 있다네.

겉으로는 육신의 찌꺼기 씻어내고, 병마를 몰아내며, 정신의 고통까지 덜어내는 차야말로 그것이 상품(上品)이든 차품(次品)이든 무슨 상관이랴. 그러니 차야말로 군자들이 반드시 가까이해야 할 귀한

겉으로는 육신의 찌꺼기 씻어내고, 병마를 몰아내며, 정신의 고통까지 덜어내는 차야말로
그것이 상품(上品)이든 차품(次品)이든 무슨 상관이랴. 이목의 유배지에 세워진 충현서원

것이다.

끓일 때는 정성을 다해 실기(失期)치 않으려고 두 다리 곧추세우고, 흡사 선도(仙道)를 닦는 이들이 백석탕 끓이는 것보다 더 귀하게 여겨, 그 최고의 선약(仙藥)인 금단을 연단하는 마음으로 차를 끓이노라.'

여기까지가 전다삼매 즉, 차 달이는 풍경을 노래한 것이고 다음 부분은 '차 마시기'인 음다(飮茶)이다.

'다 끓인 후 한 잔을 마시면 흐렸던 정신이 바로 서고 안목이 제대로 돌아오네. 두 잔을 마시니 세속의 오탁이 씻겨 내리고 선계에 오른 듯 상쾌해지니 이는 현실에 얽힌 굴레를 벗어던진 후에 심신이 깃털처럼 가볍구나.

세 잔을 마시고 나니 육신의 고통이 사라지고 오직 의롭고 참된 마음이 가득 차네. 세속의 헛된 명리(名利)를 뜬구름처럼 하찮게 여기며, 삼라만상을 포용할 호연한 기개가 넘치는 성현의 심도(心道)에 이르노라.

네 잔을 마시니 모든 분노와 근심이 사라지고 크고 드넓은 호기가 생겨, 보려고 싶어서 보이지 않는 것이 없고, 알고 싶어서 모르는 것이 없는 기개에 이른다.

다섯째 잔에는 가장 본능적인 욕구마저 사라져 몸이 둥둥 떠올라 선계에 노니는 듯하고, 번잡함이 사라져 보이는 것도 들리는 것도 없노라.

여섯째 잔을 마시니 광명한 지혜가 나 자신 속에 우주를 담게 하고, 영혼을 다스려 세속의 모든 일은 티끌처럼 여겨진다. 이런 경지는 우리가 이상으로 삼는 고귀한 청정과 결백과 의로움이 함께하는 세계이니 육체의 현상을 초탈하여 드높은 정신세계에 노닐게 된다. 청빈한 선비로서 평생 물외(物外)에서 우유(優遊)한 소보나 허유, 목숨을 절의보다 가벼이 여겨 의로움을 지킨 백이나 숙제도 내가 거느릴 수 있는 마음에 이른다. 그러니 일곱째 잔은 다 마시지 않아도 저절로 하늘나라에 이르게 된다.'

이목의 성품은 휘어지지 않고 부러지는 강직함 그 자체였다. 성종 때의 정승 윤필상의 작태를 보다 못한 이목이 '윤필상을 삶아야 비가 내릴 것이다'라고 말한 적이 있는데, 어느 날 길에서 우연히 만난 윤필상이 '네가 정말 나의 늙은 고기 먹기를 원하느냐' 하고 힐난하자 이목은 대꾸도 않고 지나쳐버렸다고 한다. 이러한 악연으로 마침내 이목은 윤필상의 참소를 받아 28세의 젊은 나이에 무오사화에 연루되어 생을 마감하고 만다.

이목은 김포에서 태어나 14세에 김종직의 문하에 들어가 공부하고 19세 때 진사에 합격한 후 성균관 유생이 되어 예비 선비들과 어울린다. 24세 때는 명나라 연경으로 가 육우의 《다경(茶經)》과 노동의 〈칠완다가(七椀茶歌)〉를 구하여 읽고는 차와 인연을 맺는다. 국

다신(茶神)이 기운을 움직여 묘경(妙境)에 이르면 저절로 무한히 즐거우리. 이 또한 내 마음의 차이거늘 굳이 밖에서 구하겠는가. 김포시에 있는, 이목을 추모하기 위한 사당 한재당의 정간사

내로 돌아와 25세 때 문과에 장원급제하고 〈다부〉를 지어 문명을 떨치기도 하지만 무소불위의 권력을 휘두르던 윤필상을 탄핵하려다가 오히려 공주로 유배를 간다. 윤필상이 대비의 뜻을 받들어 성종에게 숭불(崇佛)을 권유한 일이 있었다. 그때 이목은 왕 앞에 나아가 윤필상에게 벌주기를 청했지만 성종은 받아들이지 않았다. 오히려 '네가 감히 정승을 간귀(奸鬼)라 하느냐'고 역정을 냈고, 이목은 '필상의 소행이 저러한데도 사람들이 알지 못하니 귀신임이 분명합니다'라고 소신을 굽히지 않았던 것이다.

이후 이목은 연산군 1년(1495) 증광문과에 장원하여 사가독서(賜暇讀書)한 뒤, 전적(典籍)과 종학사회(宗學司誨), 영안도(함경도) 평사 등을 역임하다 28세가 되던 연산군 4년(1498) 무오사화 때 윤필상의 모함으로 사형에 처해져 생을 마감한다. 이후 연산군 10년(1504)에는 임금의 생모 폐비윤씨의 복위 문제로 일어난 갑자사화 때 부관참시되는 비극을 맞지만 후에 신원되어 이조판서에 추증된다.

나그네가 다인으로서 이목을 주목하는 것은 고상하고 의미심장한 〈다부〉의 마지막 문장 때문이다.

'다신(茶神)이 기운을 움직여 묘경(妙境)에 이르면 저절로 무한히 즐거우리. 이 또한 내 마음의 차이거늘 군이 밖에서 구하겠는가(神動氣而入妙 樂不圖而自至 是亦吾心之茶 又何必求乎彼也).'

이목이 '차의 아버지'가 되고 '차의 신선'이 된 것은 〈다부〉를 화룡점정하는 이 한 구절에 연유한 것이 아닐까. 이 한 구절에서 이목에게 차 한 잔은 단순한 기호식품이나 약이 아닌 '내 마음의 차(吾心之茶)'라는 마음과 차가 둘이 아닌 하나로 승화되는, 다인이 지향해야 할 구경(究竟)을 보여주고 있다. 그래서 나그네도 도학사상을 차 한 잔에 녹여낸 이목을 진정한 다인으로 부르고 싶어지는 것이다.

이목이 집을 떠나는 동생에게 준 시 한 수가 있는데, 이목이 남긴 유일한 다시가 아닐까 싶다.

우리 집안 예부터 글을 했기에
책을 즐겨하고 재물에는 생각없었네
부모님 이제 늙으시고
우리는 아직 서생의 몸이라네
바위 옆 늙은 노송 위에 학의 꿈 영글고
달빛 아래 집 주변엔 차 연기(茶煙) 피어나네
도를 구함에 한결같이 하고
산봉우리의 구름일랑 한눈팔지 말게나.

형제의 우애가 넘쳐나는 아름다운 시다. 도학을 한결같이 구하고 구름 같은 세상의 명리에는 한눈팔지 말자는 맹세의 시인 것이다. 달밤에 집 떠나는 동생을 위해 이목은 차를 끓였던 것 같다. 노송에

학이 한 마리 앉아 차를 마시는 이목 형제를 내려다보고 있는 정경이 눈에 잡힐 듯하다.

가는 길 호남고속도로에서 유성나들목을 빠져나와 동학사 입구를 지나 반포면 면소재지에 이르면 농협 건물 뒤편에 이목을 배향한 충현서원이 보인다. 도학자 이목은 이 부근에서 귀양살이를 했다. 이목의 위패를 봉안한 한재당은 48번 국도로 가다 월곳면 군하리에서 애기봉 안내판을 따라 3.5킬로미터 가면 된다.

정직을 맹세하는
깨끗한 차 한 잔

우암(尤庵) 송시열(宋時烈: 1607

~1689)의 사적은 대전에 있다. 나그네는 지도를 펴놓고 우암사적
공원을 찾는다. 대전 시내에 있기 때문에 어렵지 않게 찾는다. 길을
찾아가는 것도 어렵지 않을 성싶다. 송시열이 제자를 가르쳤던 남간
정사는 공원 안에 있다.

빛이 강하면 그림자도 짙어지는 법이다. 당파에 따라 칭송과 비판
이 극명하게 갈리는 우암 송시열의 생애도 그렇다. 그러나 서인의
영수였던 송시열은 사후에 그를 제향하는 서원이 전국적으로 70여
개소, 사액서원만도 37개소에 이르게 되었고, 영조 20년(1744)에는
문묘에 배향됨으로써 당파 간의 다른 평가를 잠재운다.

우암이 차와 인연을 맺게 된 것은 그가 김장생의 문하에 들어가
공부하면서부터였다. 잘 알다시피 김장생은 예학을 정립한 자신의
저서《가례집람》에 차를 다루는 지식도 정리해놓았을뿐더러 실제로
차 심부름을 하는 다동(茶童)을 두고 차살림을 했던 분이다. 그러니

스승의 예학을 충실하게 발전시킨 우암도 자연스럽게 차살림을 했을 터이다. 우암은 자신의 문집인 《송자대전(宋子大全)》권78서에 다음과 같이 차를 권장하는 글을 남기고 있다.

'우리나라 풍속에는 차에 대한 풍속이 없다. 그래서 숭늉으로 이를 대신할 수밖에 없으니 부득이한 일이다. 이를 소위 손(飱)이라 하니 이 뜻은 밥을 물에 만다는 것이다. 그러나 이런 일이 번거로우니 차를 사용하는 의례를 따르도록 하고, 밥을 물에 말지 않도록 하는 것도 괜찮을 듯하다.'

제사 때 번거로움을 피하여 밥을 물에 마는 '손(飱)'을 차(茶)로 대신하라는 이 권유도 스승 김장생의 영향을 받은 것이겠지만, 우암 자신이 이미 차의 정갈한 맛을 즐기고 있었기 때문이 아닐까 싶다. 제사에 있어서 정성이 최고의 덕목인바 차야말로 제사상에 올라가는 어떤 음식보다도 맑고 향기로운 제물인 것이다.

우암은 충청도 옥천군 구룡촌 외가에서 태어나 26세 때까지 살았다. 학문은 8세 때 친척인 송준길의 집에서 함께 시작하여 12세 때는 부친에게 《격몽요결》 등을 배우며 주자, 이이, 조광조 등을 마음에 새긴다. 혼인한 후부터는 김장생 문하에 들어가 예학을 배우고, 김장생이 죽고 난 뒤에는 김집(김장생의 아들)에게 학문을 마쳤다. 27세 때 생원시에 장원급제하였고 곧 봉림대군(훗날의 효종)의 사부가 되어 유대를 깊이 가졌다. 이후 봉림대군과 소현세자가 청나라에

우암에게 차 한 잔은 정직을 맹세하는 상징이 아니었을까? 송시열이 제자를 가르치며 차를 마셨던 남간정사

인질로 잡혀가자, 우암은 낙향하여 10여 년간 관직에 일체 나가지 않고 학문에만 전념한다. 이후 효종이 즉위하자 우암은 다시 관직에 나아가 효종과 은밀하게 독대하며 북벌의지를 다진다. 효종은 대군 시절 병자호란의 치욕을 갚고자 하는 원한이 깊었고, 우암은 명나라의 주자학을 신봉하고 실천하는 차원에서 청나라를 치고자 하였던 것이다. 그러나 김자점 일파가 청나라에 밀고함으로써 북벌계획은 수포로 돌아가고 우암은 다시 재야로 돌아가 또 10여 년을 향리에 묻힌다. 다시 효종의 간곡한 요청으로 이조판서에 나아가지만 효종이 급서하고 나서 조대비(趙大妃)의 복제 문제로 예송(禮訟)이 일어나자 남인과의 당쟁을 피하여 또다시 낙향한다. 이후 현종 때 좌의정과 영의정에 임명되었으나 잠시 관직에 나아갔을 뿐이었다. 효종비 상으로 인한 제2차 예송에서도 서인이 패배하자 그도 역시 관직이 삭탈되고 유배를 떠난다. 이후 서인의 재집권으로 정계에 복귀했다가 다시 기사환국 때 제주도로 유배를 가 83세 때 서울로 압송되어 오던 중 정읍에서 사약을 받고 죽었다. 예송이 일어날 때마다 '예가 문란하게 되면 정치가 문란하게 된다'고 서인과 남인, 혹은 서인 중에서도 노론과 소론 등의 당쟁의 한 중심에 섰던 우암에게 차 한 잔은 어떤 의미였을까? 정직(正直)을 주자의 교의를 실천하는 덕목 중에서 가장 중요한 것으로 확신했던 그이고 보면 그에게 차 한 잔은 정직을 맹세하는 상징이 아니었을까?

평일 아침이어선지 산책하는 사람들이 드문드문 보인다. 이런 때가 사적을 관람하는 데 좋은 시각이다. 사람에 밀리지 않고 한곳에서 오랫동안 머무를 수 있기 때문이다. 나그네는 남간정사에 들러 연못에 떨어지는 물줄기를 한동안 바라본다. 우암은 정사 밑으로 흐르는 저 맑은 물을 떠다가 차를 달였으리라.

가는 길 경부고속도로 대전나들목을 나와 세 번째 네거리에서 좌회전하여 육교를 지나자마자 좌회전하면 '우암사적공원 1킬로미터'라고 적힌 표지판이 나온다. 남간정사는 공원 출입구 바로 왼편에 있다.

눈이 펄펄 흩날릴 때
홀로 차를 즐기노라

현재 가볼 수 있는 야은(冶隱) 길재(吉再: 1353~1419)의 유적지는 두 군데이다. 그가 태어나 어린 시절을 보냈던 선산이 있고, 또 다른 곳은 아버지가 금주지사로 부임했던 금산(옛 금주)이 있다. 선산이 더 유명한 것은 낙향하여 김숙자(김종직의 부친) 같은 후진을 양성하여 영남사림의 비조가 됐기 때문이다. 이에 반해 금산은 길재가 31세에 그곳의 여자를 맞아 결혼했고, 지사로 부임한 지 2년 만에 아버지가 별세하자 3년 동안 시묘살이를 한 곳이다.

지금 나그네는 금산의 청풍서원으로 가고 있는 중이다. 그의 영정이 봉안된 청풍사(清風祠)를 둘러보고 싶어서다. 청풍사는 불이영당(不二影堂)이라고도 부른다.

삼은(三隱)이 모두 다인(茶人)이었다는 것이 흥미롭다. 사철 푸른 차나무는 뿌리가 곧게 뻗는 직근(直根)의 성질이 있다. 차꽃은 모든 꽃이 시드는 가을에 피기 시작하여 한겨울에도 볼 수 있다. 찻잎은 흐린 정신을 깨어 있게 하고 그 향은 그윽하고 향기롭다. 그래서 충절을 목숨보다 중히 여기는 선비들이 차나무를 좋아했던 것일까.

길재는 고려의 운명이 기울자 가족을 이끌고 낙향하여 산가(山家)에서 늙은 부모를 봉양하며 산다. 산가는 삼 칸 정도의 초라한 초가였으리라. 산가를 지어 은둔한 지 십여 년이 지난 뒤 그는 산중 은둔의 사계를 노래한 〈산가서(山家序)〉라는 산문을 짓는다. 나그네가 〈산가서〉를 주목하는 것은 길재의 차살림을 엿볼 수 있는 대목이 나오기 때문이다.

회오리바람 일지 않으니
비좁은 방도 편안하고
밝은 달이 뜰에 다가오니
홀로 느리게 거닌다
비가 주룩주룩 내리면
이따금 베개를 높여 꿈을 꾸고
산눈(山雪)이 펄펄 흩날릴 땐
차 달여 혼자 마신다.
飄風不起 容膝易安
明月臨庭 獨步徐行
饋雨浪浪 惑高枕而成夢
山雪飄飄 惑烹茶而自酌

길재는 어린 시절부터 차를 알았던 것 같다. 11세에 도리사로 들어가 글을 배웠다고 하니 그 나이라면 어른 스님들이 차를 마실 때차 심부름을 하는 다동(茶童) 노릇을 하지 않았을까 싶다. 해평 길씨인 길재의 자는 재보(再父), 호는 야은, 말년에 은거했던 산 이름을 붙인 금오산인(金烏山人). 도리사에서 글을 배우기 시작하여 18세에는 박분에게 《논어》와 《맹자》를 익히고, 아버지를 따라 개경에나아가 이색, 정몽주, 권근의 문하에 들어가 학문의 깊이를 더한다.공민왕 24년(1374)에 생원시에, 우왕 9년(1383)에는 사마감시에 합격한다. 2년 후 진사시에 급제하여 청주목사록에 임명되었으나 나아가지 않고 한 마을에 살던 이방원(조선 태종)과 교분이 두터워진다. 이후 그는 성균학정(成均學正), 성균박사(成均博士)가 되어 태학의 생도들에게 존경을 받으며 창왕 1년(1389)에 문하주서(門下注書)가 되었으나 고려의 국운이 다한 것을 알고 이듬해 노모를 봉양한다는 핑계를 대고 고향 선산으로 낙향하고 만다. 이후에도 나라에서 벼슬을 내렸으나 은거할 뿐이었다. 나라가 바뀌어 정종 2년(1400)에 방원이 그를 불러 태상박사(太常博士)에 임명하였으나 두임금을 섬기지 않겠다는 소를 올려 거절한다.

'(전략) 나가고 물러남을 생각하매 실로 명분과 예의의 경중에 관계된 일이오라 신이 비록 두터운 낯짝으로 영광을 받잡고자 한대도 남들이 반드시 눈을 부릅뜨고 손가락질하며 비웃을 것이옵니다.'

청풍사가 자리한 부리면 불이리(不二里) 마을에 도착하고 보니 길재의 충절이 다시 느껴진다. 그러나 청풍사 옆에 있는 박정희 전 대통령이 쓴 청풍서원의 편액 글씨를 보는 순간 길재의 도학정신과는 어딘지 동떨어진 것 같아 아쉽기만 하다. 쿠데타로 집권했던 박 대통령의 공적을 부인하는 것은 아니지만 불사이군의 절개를 지킨 길재에 대한 예의가 아닌 것 같아서이다.

가는 길 대전–통영간고속도로에서 금산나들목으로 나와 금산에서 무주 방향으로 15킬로미터쯤 가다 보면 왼쪽 길가에 길재의 영당인 청풍사가 나타난다.

향 맑으매 이른 봄날에
딴 것이라네

이제현(李薺賢 : 1287~1367)의
영정이 봉안된 영당에서 발길을 멈춘다. 문장의 종조(宗祖)라고 칭
송받았던 익제 이제현의 영당치고는 초라하다. 누각의 문은 녹슨 자
물쇠로 채워져 있고, 벽을 타고 오른 담쟁이 줄기는 거미줄 같다. 그
나마 나그네의 눈길을 사로잡는 것은 영당 누각의 이름이다.

염수재(念修齋). 직역하자면 생각을 닦는 집이다. 마음을 닦는다
(修心)는 말은 많이 들어봤지만 생각을 닦는다는 말은 처음이다. 이
제현은 문장의 종조답게 다시를 풍부하게 남기고 있다. 이제현의 다
시 중에서 가장 애송되는 것은 이렇다.

주린 창자는 술 끊으니 메스꺼워지려 하고
늙은 눈으로 책 보니 안개가 낀 듯하네
누가 두 병을 말끔히 물리치게 할까
나는 본디 약을 얻어 올 데가 있다네

동암은 옛날에 녹야의 벗이었고
혜감은 조계산의 주지 되어 갔네
빼어난 차 보내오고 아름다운 서찰 보내오면
긴 시로 보답하고 깊이 사모했네
두 늙은이의 풍류는 유불의 으뜸이고
백 년의 생사가 오직 아침저녁 같구나.

(하략)

  차를 보내준 송광(松廣) 화상에게 답례하는 형식의 이 시에서 동암(東菴: 이제현의 부친)이 나오는 것을 보면, 부자에 걸쳐서 송광사 선사들에게 차를 선물받았음을 알 수 있다. '두 늙은이의 풍류는 유불의 으뜸이고'의 구절은 당시 선비들이 누리던 최고의 풍류가 차살림이었다는 것을 밝히고 있다.

  이제현의 처음 이름은 지공(之公), 자는 중사(仲思). 14세에 성균시에 장원하고 15세에 병과에 급제한 뒤 과거를 감독하던 권보의 딸을 아내로 맞아들인다. 하급관리인 판관 및 녹사를 거쳐 사헌규정(司憲糾正)에 발탁되어 관료로서 폭넓은 경험을 쌓는다. 이후 외직인 서해도안렴사로 나갔다가 28세 때 상왕인 충선왕의 명을 받아 원나라 수도 연경으로 간다. 충선왕은 연경에 머물면서 만권당(萬卷堂)을 짓고 원나라 선비들을 출입하게 했던바, 이제현은 자연스럽게

빼어난 차 보내오고 아름다운 서찰 보내오면 긴 시로 보답하고 깊이 사모했네. 이제현의 영정이 봉안된 염수재

학사 원맹선, 글씨로 유명한 조맹부 등과 교유할 수 있었다. 차살림이 이때 깊어졌을 것이고 견문도 키워졌다. 충선왕을 따라 중국 땅의 끝인 사천의 아미산과 절강의 보타산을, 충선왕이 또 감숙성으로 유배를 가자 거기까지 다녀왔던 것이다.

충선왕의 유배 생활이 길어지자 이제현은 잠시 귀국했다가 37세 때 고려를 없애고 원나라의 성(省)으로 만들려는 소위 입성책동(立省策動)이 나자 다시 원나라로 들어가 상소를 올려 철회시킨다. '엎드려 바라옵건대 집사합하(執事閣下)께서는 여러 황제가 우리나라의 공로를 생각한 도리를 본받으시고, 세상을 훈계한 중용(中庸)의 말을 명심하시어 그 나라는 그 나라에 맡기시고 그 나라의 백성을 백성끼리 살게 하십시오.' 이처럼 완곡하게 시작하는 이제현의 상소는 원나라 중서도당(中書都堂)의 관리들을 감동시켜 결국 입성책동을 중지시킨다. 이후에도 원나라와 문제가 생기면 이제현이 나서 외교적으로 해결한다. 만권당 시절에 교유한 원나라 인맥이 있었기 때문이다. 공민왕이 즉위한 뒤에는 수상을 네 번에 걸쳐 한다. 과거를 주재하는 책임자를 지공거(知貢擧)라 하는데, 이제현이 급제시켜 뽑은 인재 중에 대표적인 인물이 이색이다. 원나라를 멀리하고 명나라를 가까이하자는 반원운동이 일어나자 문하시중으로서 수습에 나서지만 여의치 못해 관직에서 물러나 초야에서 차살림을 즐긴다.

앞의 다시 중에서 생략된 한 부분인데 차살림의 안목이라고 할까,

한 잔의 차에 자족하는 삶이 생생하다.

향 맑으매 일찍이 적화(摘火) 전의 봄에 딴 잎이라네
부드러운 빛깔은 아직 숲 아래 이슬을 머금은 듯
돌솥에 우우 솔바람 소리 울리고
오지사발에서는 어지러이 맴돌아 젖빛 거품을 토하네.

차가 떨어져가는 한겨울에 다시를 음미하자니 차 생각이 더욱 간절해진다. 특히 이제현의 이 다시는 봄날 곡우 전후의 맑은 차를 그립게 만든다.

가는 길 충북 보은에서 상주로 가는 25번 도로를 8킬로미터쯤 달리면 502번 지방도로가 나온다. 거기서 우회전하면 보덕초등학교가 나오고 3분 정도 직진하면 이제현 영당이 있는 탄부면 하장리 마을이 나온다.

세상이 차의 청허함을
어찌 알겠는가

진정한 다인이 되려면 직접 차씨를 심고 길러 차를 덖어 마셔야 한다. 그래야만 자연의 섭리를 깨닫게 되고, 노동의 신성함을 알게 된다. 차씨 한 알에도 연기(緣起)의 도리가 담겨 있는데, '이것이 있음으로 저것이 있다'라는 상생과 공존의 진리를 깨달을 수 있다. 햇볕과 바람과 비와 흙이 있음으로 해서 한 알의 차씨는 비로소 싹이 튼다. 이 중에 어느 것 하나만 없어도 차씨는 죽고 만다.

차나무를 기르는 노동의 신성함이란 두말할 필요가 없다. 차밭에서 땀을 흘려본 이만이 차맛의 고마움과 소중함을 절절하게 느낄 수 있다.

우리에게 생육신(生六臣)의 한 사람으로 잘 알려진 매월당(梅月堂) 김시습(金時習: 1435~1493). 비승비속(非僧非俗)이 되어 설잠(雪岑)으로 불리던 그야말로 요즘의 다인들이 우러러 존경할 만한 참다인이 아니었나 싶다. 자연의 섭리와 땀의 수고를 모르고 어찌 차 한 잔의 깊은 뜻을 알 수 있을 것인가.

나그네는 일찍이 경주 금오산을 찾아가 김시습이 차를 심고 가꾸었다는 용장사 터를 둘러보았던 적이 있다. 김시습이 그곳에 매월당이란 산방(山房)을 지어 한양에서 구한 책 10만 권을 쌓아놓고 독서하며 차나무를 길렀던 것이다. 그의 〈양다(養茶: 차나무를 기르며)〉라는 다시를 보면 그 정경이 눈에 선해진다.

해마다 차나무 새 가지 자라는데
그늘에 키우느라 울을 엮어 보호하여
육우의 《다경》에는 색과 맛을 논했는데
관가에서는 창기만을 취한다네
봄바람 불기 전에 싹이 먼저 피고
곡우 돌아오면 잎이 반쯤 피어나네
조용하고 따뜻한 작은 동산을 좋아하니
비에 옥 같은 꽃 드리워도 무방하리니.
年年茶樹長新技　蔭養編籬謹護持
陸羽經中論色味　官家権處取槍旗
春風未展芽先抽　穀雨初回葉羊披
好向小園閑暖地　不放因雨着瓊㽞

유생들의 글 읽는 소리가 밤낮으로 들리는 성균관 부근에서 태어

자연의 섭리와 땅의 수고를 모르고 어찌 차 한 잔의 깊은 뜻을 알 수 있을 것인가. 김시습이 고단한 숨을 거둔 무량사

당가(堂家)에서 잔을 비우는 사람 멋없는 사람 어찌 승설차의 청허함을 알 수 있
으랴. 무량사 입구의 김시습 부도

나 여덟 달 만에 글자를 알았고, 세 살 때 시를 지었으며 다섯 살에 세종에게 불려가 장래 크게 쓰일 것이라고 전지를 받고 호가 오세(五歲)가 된 김시습.

그는 13세까지 대사성 김반을 비롯한 스승들에게 사서삼경 등을 배운다. 그러나 15세에 어머니가 죽자 학문을 잠시 접고 어린 나이에 3년 시묘살이를 한 다음, 훈련원도정 남효례의 딸과 혼인하여 마음의 안정을 얻은 뒤 삼각산 중흥사로 들어가 학문에 힘쓴다.

그의 학문 정진은 입신양명을 위한 것은 아니었다. 그의 《탕유관서록(宕遊關西錄)》 후지(後識)에 다음과 같은 글을 남기고 있다.

'좋은 경치를 만나면 이를 시로 읊조리어 친구들에게 자랑하곤 했지만 문장으로 관직에 오르기를 생각해보지 않았다. 하루는 홀연히 감개한 일(수양대군의 왕위찬탈)을 당하여 남아가 이 세상에 태어나 (중략) 도(道)를 행할 수 없는 경우에는 홀로 몸이라도 지키는 것이 옳다고 생각하였다.'

김시습의 마음이 잘 나타난 구절인데, 당시 그는 중흥사에서 읽고 있던 책을 모조리 불태우고 설악산 오세암으로 출가해버린다. 역마살이 낀 그는 구름처럼 바람처럼 만행하다 책을 구하러 서울에 갔다가 효령대군의 간곡한 권유로 내불당에서 불경 언해를 돕기도 하는데, 왕위찬탈의 주역들이 세도를 부리는 현실에 절망하며 31세 때 경주 금오산으로 은거한다.

이후 세조의 원찰인 원각사 낙성회(落成會)에 나아간 적도 있으나 대부분 매월당에서 차를 벗 삼아 독서하며 우리나라 최초의 한문소설인《금오신화》와 산거를 소재로 한 시편들을 모은《유금오록》를 남긴다. 7년의 은거를 마치고 난 후에는 서울로 올라와 10여 년을 보내다 돌연 47세에 안씨를 맞아들여 환속을 한다. 그러나 결혼생활은 오래가지 못하고 2년 만에 '폐비윤씨 사건'이 나자 다시 방랑길에 오른다. 그가 마지막으로 찾아든 곳이 충청도 무량사였고 이미 육신의 병이 깊어진 그는 57세에 파란만장한 생을 접고 만다.

김시습의 생애 중에서 가장 행복했던 시기는 두말할 것도 없이 차를 마시며 맑은 정신으로 독서와 저술삼매에 빠졌던 금오산 산거 시절이었을 터.《금오신화》와 그가 남긴 빼어난 선시(禪詩)들을 보면 그가 마신 차 한 잔의 의미는 결코 간단치 않다.

솔바람 불어오니 차 끓이는 연기
팔락팔락 가로 비껴 물가에 떨어지네
동창에 달 떠도 잠 못 이루고
병 들고 가서 찬 샘에 물 긷네
날 적부터 티끌세상 싫은 걸 스스로 괴이쩍게 여겨
입문하여 봉(鳳) 자 쓴 게 벌써 청춘 다 지나갔네
차 끓이는 누른 잎새 그대는 아는가
시 쓰다 숨어 삶이 누설될까 두렵네.

松風經拂煮茶烟 裊裊斜橫落澗邊
月上東窓猶未睡 挈瓶歸去汲寒泉
自怪生來壓俗塵 入門題鳳已經春
煮茶黃葉君知否 却恐題詩洩隱淪

　김시습은 세상을 향해 이렇게 말했던 것이다. '당가(堂家)에서 잔을 비우는 사람 멋없는 사람 어찌 승설차(勝雪茶: 눈 속의 차)의 청허함을 알 수 있으랴.' 나그네는 무량사 영정각에서 가슴이 뜨거웠던 그를 만난다. 그리고 그의 부도 앞에 이르러서야 그가 뜨거웠던 가슴을 다스렸던 것은 한 잔의 청허한 차가 있었기 때문이라는 상념에 잠겨본다.

가는 길 서해안고속도로에서 대천나들목을 빠져나와 보령 시내를 지나 21번 국도를 타고 가다 40번 국도를 이용, 성주 터널을 지나 외산에서 이정표를 보고 좌회전을 하면 무량사에 이른다.

천리마 꼬리에 달아
햇차를 보내주오

추사(秋史) 고택을 가는 도중에 동행한 후배가 묻는다. 산중에서 혼자 사는 것이 외롭지 않느냐고. 그러나 나그네는 외로움이 힘이라 말한다. 선택한 고독이기에 불편하지도 않다고 말한다.

그렇다. 외롭지 않다면 자연과 더 가까워지지 않았을 터이다. 외로우니까 흐르는 계곡물이 친구가 되고, 말없는 청산이 친구가 되었던 것이다. 이삼 년 전부터는 맑고 향기로운 차 한 잔도 도반이 되었다. 어떤 날에는 혼자 마시는데도 찻잔을 두 개 놓는다. 또 하나의 잔은 문득 그리운 사람의 몫이다. 빈 찻잔이 앞에 놓여 있기에 그가 없어도 찻자리는 넉넉해진다. 말 그대로 텅 빈 충만이다.

추사에게도 차 한 잔이 이러한 것이 아니었을까? 추사의 삶은 적거(謫居: 귀양살이)가 많았다. 추사가 남긴 편지를 보면 유배 생활의 고독이 얼마나 지독한 것이었는지 짐작이 된다. 그러한 절대 고독을 달래주었던 참된 벗은 맑은 차 한 잔밖에 없었을 것이다. 아무리 가까운 지음(知音)의 벗이라도 늘 함께할 수는 없는 것이고, 취하게 하는 술은 반드시 깨고 마는 꿈같은 것이었을 테니까.

중국 명나라 동원(東原)도 혼자 차 마시는 것을 충만과 동류항인 '유(幽)'라 표현하며 최고로 쳤다.

'차 마시기는 손님이 적은 것을 귀하게 여긴다. 손님이 많으면 떠들썩하여 아취(雅趣)가 모자란다. 혼자 마시는 것을 그윽하다(幽)고 한다. 둘이 마시는 것을 뛰어나다(勝)고 한다. 서넛이 마시는 것을 멋스럽다(趣)고 한다. 대여섯이 마시는 것을 넓다(汎)고 한다. 예닐곱이 마시는 것을 베푼다(施)고 한다.'

호가 완당(阮堂), 예당(禮堂), 시암(詩庵), 노과(老果), 농장인(農丈人), 천축고선생(天竺古先生) 등 백여 가지가 되었던 추사 김정희(金正喜: 1786∼1856). 그는 병조판서 노경(魯敬)의 장남으로 태어나 백부인 노영(魯永)의 양자가 된다. 순조 19년(1819) 문과에 급제하여 암행어사를 시작으로 벼슬길에 나선다. 그러나 아버지 노경이 윤상도의 옥사에 배후조종을 한 혐의를 받아 추사는 고금도로 유배를 갔다가 순조의 배려로 해배가 되어 판의금부사로 복귀한다. 이후 병조참판, 성균관대사성 등을 역임하다 헌종이 즉위하면서 다시 윤상도의 옥사 사건이 재론되어 헌종 6년(1840)부터 14년(1848)까지 9년간 제주도에서 외로운 유배 생활을 한다.

제주도로 가던 길에 추사는 초의가 머물고 있는 일지암에서 하룻

어떤 날에는 혼자 마시는데도 찻잔을 두 개 놓는다. 또 하나의 잔은 문득 그리운 사람의 몫이다. 추사 김정희의 고택

어느 겨를에 햇차를 천리마의 꼬리에 달아서 다다르게 할 것인가. 유마의 병을 찾아보고 위로한 탓으로 그러한가. 이 병은 무겁지는 않은데 차는 어찌 이다지도 더디더란 말인가. 고택 왼쪽에 자리한 김정희 묘

밤을 묵으면서 초의와 진정한 다우(茶友)가 되었고, 이후 초의는 자신이 직접 덖은 차를 품에 지니고 제주도에 세 번이나 어선을 타고 건너간다. 초의가 한번은 반년 동안이나 제주도에 머물렀다가 온 것을 보면 차로 맺어진 그들의 우정이 얼마나 깊었는지 헤아려진다.

우리가 감탄해 마지않는, 소박한 암자 같은 서옥(書屋)과 추사 자신을 의인화한 듯한 송백(松柏)의 〈세한도(歲寒圖)〉는 제주도 유배 시절 자신을 헌신적으로 도와주었던 역관 이상적(李尙迪)에게 그려 주었던 문인화인데, 참된 예술이 어떤 조건에서 탄생되는지 시사하는 바가 크다.

추사는 헌종 말년에 귀양에서 풀려나지만 철종 2년(1851) 영의정 권돈인(權敦仁)의 사건에 연루되어 안동 김씨의 견제를 받아 또다시 함경도 북청으로 유배되었다가 2년 만에 돌아와 아버지의 묘소가 있는 과천에 은거한다.

추사는 북청에서 돌아와 가장 먼저 초의에게 편지를 쓴다. 밖에는 폭설이 내리고 있었는지 '큰눈이 내리고 차를 마침 받게 되어 눈을 끓여 차맛을 품평해보는데 스님과 함께하지 못한 것이 더욱 한스러울 뿐입니다' 하고, 또 편지 말미에는 자신이 가지고 있는 귀중품을 자랑하며 아이처럼 초의의 환심을 사려고 한다. '송나라 때 만든 소룡단(小龍團)이라는 먹을 한 개 얻었습니다. 아주 특이한 보물입니다. 이렇게 볼 만한 것이 한두 개가 아닙니다. 그래도 오지 않으시겠

습니까? 한번 도모해보십시오. 너무 추워 길게 쓰지 못합니다.'

초의가 과천에 오기는커녕 차도 보내주지 않자, 추사는 이렇게 을 러대는 편지를 쓴다.

'수년 이래 햇차는 과천의 정자(추사의 집) 위와 한강(다산)의 별 저 밑에 맨 먼저 이르렀거늘 벌써 곡우가 지나고 단오가 가까이 있 네. 두륜산의 한 중(초의)이 이에 모습과 그림자도 없어졌는가. 어느 겨를에 햇차를 천리마의 꼬리에 달아서 다다르게 할 것인가. 유마의 병을 찾아보고 위로한 탓으로 그러한가. 이 병은 무겁지는 않은데 차는 어찌 이다지도 더디더란 말인가. 만약 그대의 게으름 탓이라면 마조의 고함(喝)과 덕산의 방망이(棒)로 그 버릇을 응징하여 그 근 원을 징계할 터이니 깊이깊이 삼가게나. 나는 오월에 거듭 애석하게 여기오.

노과(老果) 완당이 원망하노라.'

추사가 북청으로 유배 가기 전에는 초의가 곡우 전에 따는 햇차인 우전차를 추사와 다산에게 보냈던 것 같다. 그러한 초의가 햇차를 보내지 못한 것은 나름대로 어려운 사정이 있었으리라.

과천에 은거하던 추사는 죽기 몇 년 전부터는 봉은사로 가 살다시 피 했다. 추사가 죽기 3일 전에 썼다고 전해지는 봉은사 판전(板殿) 의 편액 글씨가 지금도 남아 있다.

24세 때 동지부사인 아버지를 따라 연경에 갔다가 청의 거유(巨

儒)인 옹방강과 완유를 만나 고증학에 눈을 떴으며 국내로 돌아와 조선 금석학파의 태두가 된 추사. 기법보다는 문자향(文字香)과 서권기(書卷氣)에 의한 심상(心象)을 구현하여 졸박청고(拙撲淸高)한 서체와 문인화를 남긴 추사. 여기에다 선지식(善知識)으로서 떠도는 운수납자처럼 모든 집착을 떠났으면서도 오직 차에 대한 욕심만은 어쩌지 못했던 추사. 승설(勝雪), 고다노인(苦茶老人), 다문(茶門), 일로향실(一爐香室) 같은 차와 연관된 그의 호를 보면 그가 얼마나 차를 사랑했는지 느껴진다.

오늘은 추사를 다인으로서 만나고 싶은 소망 때문일까? 추사 고택에 도착한다면 가장 먼저 그의 묘소로 가 맑은 차 한 잔을 올리고 싶다. 여름날이므로 해가 길 터이지만 잘 익은 사과 같은 서녘의 붉은 해를 보자 갑자기 나그네 마음은 조급해진다. 추사가 어린 시절을 보냈던 고택이 잠시 후면 문이 잠길 것이기 때문이다.

가는 길 서해안고속도로 당진나들목을 나와 32번 국도를 따라 예산 방향으로 가다 합덕읍을 지난 뒤 신례원 3킬로미터 전 사거리에서 추사 고택 이정표를 보고 우회전해서 계속 직진하면 추사 고택에 이른다.

영아차 마시니
겨드랑이에 바람이 솔솔

나그네가 사는 곳에서 30여 리 떨어진 거리에 개천사라는 절이 있는데, 개천사 스님들은 고려 때에 벌써 차를 만들어 마셨던 것 같다. 이색(李穡: 1328~1396)의 〈개천사의 행제(行齊)선사가 부친 차에 대하여 붓을 움직여 써서 답장하다〉라는 다시에 개천사의 행제선사가 만든 영아차(靈芽茶)를 품평하고 있다.

동갑지기 늙은이라 더욱 친하고
영아차맛은 절로 참다랗구나
양쪽 겨드랑이에 맑은 바람 솔솔
바로 고상한 스님 만나고 싶네.
同甲老彌親
靈芽味自眞
淸風生兩腋
直欲訪高人

영아차가 어떤 맛이기에 '양쪽 겨드랑이에 맑은 바람이 이노니' 하고 읊조렸는지 궁금하기만 하다. 물론, 중국 당나라 노동(盧同)이 읊조린 다시에 '느끼노니 양쪽 겨드랑이에서 / 맑은 바람이 솔솔 이네' 라는, 이와 비슷한 시구가 나온다.

다시의 고전 중 고전인 노동의 시를 자신의 시에 인용했다는 사실은 이색이 절창의 다시들까지도 꿰고 있었던 다인이었다는 것을 추측케 한다. 십수 년 전 불일암에서 찻잔을 앞에 두고 법정 스님께서 노동의 다시를 멋스럽게 외는 것을 보고 부러워했던 적이 있다. 나중에 알고 보니 노동의 다시는 다인들이 가장 좋아하는 절창임을 알게 되었는데, 그 내용은 이렇다.

첫째 잔은 목구멍과 입술을 적시고
둘째 잔은 고독한 번민 씻어주네
셋째 잔은 메마른 창자 살펴주니 생각나는 글자가 오천 권
넷째 잔은 가벼운 땀 솟아 평생의 불평 모두 털구멍으로 흩어지고
다섯째 잔은 기골이 맑아지고
여섯째 잔은 신선과 통하네
일곱째 잔은 마시지도 않았건만 느끼노니 두 겨드랑이에 맑은 바람이 솔솔 이네.
一碗喉吻潤
兩碗破孤悶

三碗搜枯腸 惟有文章五千卷

四碗發輕汗 平生不平事 盡向毛孔散

五碗肌骨清

六碗通仙靈

七碗喫不得 也唯覺兩腋 習習淸風生

조선의 개국에 협력치 않은 삼은(三隱)의 한 사람인 이색은 찬성
사 곡(穀)의 아들이자 이제현의 문인으로, 진사가 된 후 원나라로
가 국자감 생원의 신분으로 성리학을 연구하게 된다. 그러나 3년 만
에 아버지의 부음을 듣고 귀국한다.

이때 이색은 조정에 개혁의 건의문을 올리고 나옹선사의 탑명을
지어 신륵사와 첫 인연을 맺는다. 다시 그는 돌아가신 부모를 위해
나옹의 제자들과 대장경을 인쇄하고 보관하고자 대장각을 짓게 된
다. 따라서 신륵사는 유학자 이색이 부모의 극락왕생을 위해 기도했
던 절이기도 하다.

이후 이색은 고려와 원나라를 오가며 양국에서 과거에 급제하여
관리에 등용된다. 이색의 성향은 개혁주의자였던 것 같다. 비리의
온상이던 정방(政房)을 폐지하게 건의하고, 유학에 의거하여 삼년
상을 시행케 하였으며, 대제학이 되어서는 학칙을 재정한 성균관에
정몽주, 이숭인 등을 학관으로 채용하여 유학의 보급과 성리학의 발

동갑지기 늙은이라 더욱 친하고 영아차맛은 절로 참다랗구나. 양쪽 겨드랑이에 맑은 바람 솔솔 바로 고상한 스님 만나고 싶네. 이색을 배향한 한산 문헌서원

신륵사는 유학자 이색이 부모의 극락왕생을 위해 기도했던 절이기도 하다. 이색의 효성을 알 수 있는 대장각기비

전에 공헌케 하였던 것이다.

그런데 공양왕 1년(1389) 위화도회군 사건을 기점으로 이색의 관운은 내리막길을 걷는다. 이성계 일파가 세력을 잡으면서 장단에 유배되고 이듬해는 청주의 옥에 갇힌다. 또 장흥으로 유배되었다가 태조(이성계)의 명으로 한산백(韓山伯)으로 봉해지면서 석방되나 조선의 조정에 끝내 나아가지 않고 여강으로 가던 중에 생을 마감한다. 그래서 훗날 사람들은 불사이군(不事二君)을 지킨 고려 충신을 말할 때 목은 이색과 포은 정몽주, 그리고 야은 길재를 가리켜 삼은이라 부르게 된 것이다.

척불론자임에도 불구하고 이색의 교유는 스님들과 아주 깊다. 아마도 차가 있어 그러지 않았을까 짐작된다. 소개한 위의 다시에서도 차를 보내준 행제선사를 가리켜 고상한 사람(高人)이라 지칭하며 어서 뵙고 싶다고 할 뿐만 아니라, 개천사의 담(曇)선사와도 동갑지기로서 친했고, 가지산 보림사의 영공(英公)과도 차를 매개로 사귀었다.

나그네는 나옹선사의 부도를 둘러본 후, 강가 낭떠러지 위에 자리한 신륵사대장각기비(보물 230호)로 발걸음을 옮긴다. 대장각기비에 이색이 대장경을 조성한 경위가 자세히 나와 있는 것이다. 눈에 띄는 것은 부모의 극락왕생을 위해 나옹선사의 제자들과 함께 조성한다는 그의 효성이 드러난 대목이다. 그는 유교식에 따라 삼년상도

지냈고, 불교에 의거한 재도 지냈다. 여말선초 유학자의 이중적인
의식구조를 유추해볼 수 있는 흥미로운 예이기도 하다.

가는 길 이색의 효성을 엿보려면 여주의 신륵사에 가보는 것이 좋다. 불사이군
을 지켜낸 그의 선비정신을 보려면 한산의 문헌서원, 장단의 임강서원, 청주의 신항서
원, 영해의 단산서원 등이 좋다.

산승의 가풍은
차 한 잔이 전부라네

지금 나그네가 가고 있는 신륵사는 나옹선사(懶翁禪師: 1320~1376)가 열반한 곳이다. 나그네는 일찍이 나옹선사의 그림자를 좇아 만행한 적이 있다. 선사가 흘린 향기로운 발자국을 줍고 다녔던 것이다. 오대산 북대 미륵암에서 '청산은 나를 보고 말없이 살라 하고/창공은 나를 보고 티없이 살라 하네' 라고 시작하는 〈토굴가〉가 나옹선사의 선시라는 것을 알고 크게 기뻐했던 기억이 지금도 생생하다. 그런가 하면 나옹선사가 출가한 문경 사불산 묘적암에서는 현 조계종 종정 법전 스님이 누에고치처럼 암자 문을 닫아걸고 자결할 각오로 용맹정진하여 깨달음을 이뤘다는 것도 알았다.

나옹선사가 다선일여의 차살림을 하게 된 것은 중국으로 건너가 인도의 승려 지공(指空) 회상에 머물 때부터가 아닌가 여겨진다. 지공이 나옹에게 준 '백양(百陽)에서 차 마시고 정안(正安)에서 과자 먹으니 해마다 어둡지 않은 약이네' 라는 전법게에도 차(茶)가 나오

고 있고, 나옹선사가 남긴 다시도 중국 승려들의 차 따는 풍경을 그리고 있는 듯하다.

차나무 흔들며 지나가는 사람 없고
내려온 대중들 산차(山茶)를 딴다
비록 터럭만 한 풀도 움직이지 않으나
본체와 작용은 당당하여 어긋남이 없구나.
茶樹無人撼得過
枉來同衆摘山茶
雖然不動纖毫草
體用堂堂更不差

중국의 고승 위산과 앙산이 차를 따면서 '본체와 작용'을 놓고 선문답한 내용을 차용하고 있는 것으로 보아 나옹이 지공 회상에서 머물 때 지은 시가 아닌가 여겨지는 것이다. 참고로 위산과 앙산의 선문답의 내용은 이렇다.

위산이 찻잎을 따다가 앙산에게 말했다.

"종일 차를 따는데 그대의 소리만 들릴 뿐 모습은 보이지 않는구나."

이에 앙산이 차나무를 흔들어 보이자 위산이 말했다.

"그대는 작용만 얻었을 뿐, 본체는 얻지 못했다."

"그렇다면 스님께서는 어찌하시겠습니까?"

위산이 한참을 묵묵히 있으니 앙산이 말했다.

"스님께서는 본체만 얻었을 뿐, 작용은 얻지 못했습니다."

위산이 혀를 끌끌 차며 말했다.

"네 놈에게 몽둥이 삼십 대를 때려야겠구나!"

나옹의 법명은 혜근(惠勤). 그는 21세 때 친구의 죽음을 보고 무상을 느껴 사불산 묘적암의 요연선사를 찾아가 출가한다. 동네 어른들에게 '사람이 죽으면 어디로 가느냐'고 물었지만 아무도 대답을 못했던 것이다. 나옹은 요연선사 밑에서 정진하다 여러 절을 거쳐 25세 때 회암사로 가 4년 만에 대오한다. 이후 나옹은 자신을 인가해줄 스승을 찾아 중국 연경 법원사로 가 인도승 지공을 만난다. 지공에게 인가받은 후 나옹은 다음과 같은 게송을 올린다.

스승님 차를 받들어 마시고
일어나서 세 번 예배하나니
다만 이 참다운 소식은
예나 지금이나 변함이 없네.
奉喫師茶了
起禮印禮三
只這眞消息
從古至于今

스승님 차를 받들어 마시고 일어나서 세 번 예배하나니 다만 이 참다운 소식은 예나 지금이
나 변함이 없네. 조사당 가는 길

지공에게 인가받은 나옹은 다시 임제의 법맥을 이은 자선사의 처림(處林)을 친견한다. 그때 처림이 물었다.

"그대는 어디서 오는가?"

"대도(大都: 연경)에서 지공 스님을 뵙고 옵니다."

"지공은 날마다 무슨 일을 하는가?"

"천검(千劍: 지공의 가풍)을 씁니다."

"지공의 천검은 그만두고 그대의 일검(一劍: 나옹의 가풍)을 가져 오게."

이에 나옹은 깔고 앉은 방석을 들어 처림을 후려쳤고, 처림은 마룻바닥에 넘어지면서 소리쳤다.

"이 도적이 나를 죽인다!"

"내 칼은 사람을 죽이기도 하고 살리기도 합니다."

나옹의 부축을 받아 일어난 처림은 크게 웃으며 나옹을 방장실로 안내한 뒤, 차를 권했다. 선사가 차 한 잔을 권하는 것은 자신의 법을 드러내 보이는 것이고, 또한 제자가 스승에게 헌다하는 것은 자신의 마음을 다 바치는 것이나 다름없는 일이었다. 나옹은 스승 지공의 제삿날에 다음과 같이 읊조리곤 했던 것이다.

이 불효자는 가진 물건 없거니
여기 차 한 잔과 향 한 조각을 올립니다.

不孝子無餘物 獻茶一香一片

나그네는 신륵사에 도착하여 조사당으로 먼저 간다. 열려진 문 사이로 지공, 나옹, 무학 스님의 진영(眞影)이 보인다. 나옹 스님의 다시 한 수가 또다시 떠오른다.

본래 천연(天然)으로 조작된 것 아니니
어찌 밖을 향해 힘써 현지(玄旨)를 구할 것인가
다만 일념(一念)으로 마음에 일 없으니
목 마르면 차 달이고 곤하면 잠을 자리.
本自天然非造作
何勞向外別求玄
但能一念心無事
渴則煎茶困則眠

나그네는 차 한 잔을 대신하여 고개를 숙이고 합장한다. 스님의 사리가 묻힌 부도 주위의 솔숲에서는 범패 같은 솔바람 소리가 청아하다.

가는 길 영동고속도로 여주나들목을 나와 첫 삼거리에서 우회전하여 달리다 버스터미널 사거리에서 또 우회전하여 42번 국도를 타면 여주대교를 건너게 되고 신륵사 주차장에 이른다.

차 한 잔 속에서
《주역》을 읽다

포은(圃隱) 정몽주(鄭夢周: 1337

~1392)의 혼을 만나려면 개성의 선죽교를 가야 하리라. 그러나 분
단의 시대에 사는 나그네는 충렬서원 위에 있는 포은의 묘소 앞에
서서 〈단심가(丹心歌)〉의 결기를 느낀다. 포은이 유독 차를 마시고
다시를 쓴 때는 그의 생애 중에서 말년이 아닌가 싶다. 가파르게 기
우는 고려와 운명을 함께하려는 듯한 분위기가 그의 다시 〈돌솥에
차를 달이며(石鼎煎茶)〉에서도 감지된다.

　　나라에 보국할 힘 없는 늙은 서생
　　차 마시는 버릇 들어 세상을 잊네
　　눈보라 치는 밤 그윽한 집에 홀로 누워
　　솔바람 같은 돌솥의 찻물 끓는 소리 즐겨 듣는다네.
　　報國無效老書生
　　喫茶成癖無世情
　　幽齊獨臥風雪夜

愛聽石鼎松風聲

포은의 본관은 영일이고 출생지는 영천이다. 공민왕 9년(1360) 문과에 장원급제하면서 그는 벼슬길에 나아간다. 예문관의 검열, 수찬을 시작으로 한방신(韓邦信)의 종사관으로 종군하여 여진토벌에 참가하기도 한다. 여진토벌에서 돌아온 포은은 승진하여 전보도감판관(典寶都監判官) 등을 역임하고 부모상을 당해 관직을 놓는다. 당시 상제가 문란해져서 사대부들이 대부분 삼년상을 줄여 백일 단상(短喪)을 치렀는데, 포은은 예법에 따라 시묘살이를 했다.

이에 임금은 정려(旌閭: 효자문)를 내렸고, 이듬해는 예조정랑과 성균박사를 겸임케 하였다. 《주자집주(朱子集註)》에 대한 포은의 강설은 그 당시에 전해진 송나라 유학자 호병문(胡炳文)의 《사서통(四書通)》과 하나도 다름없었다. 이를 보고 대사성 이색은 포은을 일컬어 '동방 성리학의 시조'라고 감탄했다. 학자로서 명망이 높아져 주로 성균관에서 여러 직책을 맡는 동안 명나라에 서장관으로 갔다가 배편으로 돌아오던 중 풍랑을 만나 구사일생으로 살아났고, 귀국해서 권신들의 배명친원의 외교방침에 반대했다가 언양으로 유배를 갔다.

이후 사지나 다름없는 구주(九州: 규슈)로 가서 왜의 수장에게 왜구 단속을 요청하고 잡혀간 고려 백성 수백 명을 귀국시켰는데, 왜

나라에 보국할 힘 없는 늙은 서생 차 마시는 버릇 들어 세상을 잊네. 정몽주의 단심가가 들리는 듯한 충렬서원

눈보라 치는 밤 그윽한 집에 홀로 누워 솔바람 같은 돌솥의 찻물 끓는 소리 즐겨 듣는다네. 정몽주 묘

구가 해안뿐만 아니라 내륙 깊숙이 들어와 약탈을 일삼았으므로 훗날 이성계를 따라 지리산 운봉에서 그들을 토벌할 정도였던 것이다. 서울에는 오부학당(五部學堂), 지방에는 향교를 두어 유교의 진흥을 꾀하는 한편, 사신이 되어 명나라를 오가며 대명국교를 회복하는 데 공을 세웠고, 기울어가는 고려를 바로잡고자 의창(義倉)을 두어 궁핍한 민초들을 구제하고, 신율(新律)을 만들어 흐트러진 질서를 바로세우고자 했다. 이때 조준, 남은, 정도전 등이 은밀하게 이성계를 추대하려고 하자, 포은이 먼저 이성계의 책사들을 제거하려고 했다. 그러나 포은은 이방원이 보낸 자객 조영규 등에게 선죽교에서 격살되고 만다. 역모를 꿰뚫어 보고 있으면서도 질풍노도처럼 밀려오는 거친 힘에 밀려 당하고 만 포은의 비극이었다.

불가항력이라고 느낄 때 사람들은 스스로를 위로하거나 절망해버리곤 한다. 포은도 망국의 그림자가 어른거릴 때마다 유가(幽家)에서 차를 마시며 《주역》의 책장을 넘겼다. 차는 잠시나마 세상의 일을 잊게 해주고, 《주역》은 그의 처지를 위로해주곤 했던 것이다.

돌솥에 찻물이 끓기 시작하니
풍로에 불이 붉다
감(坎 : 물)과 이(璃 : 불)는 천지간에 쓰이니
이야말로 무궁무진한 뜻이로구나.

石鼎茶初沸

風爐火發紅

坎璃天地用

卽此意無窮

포은의 〈주역을 읽다(讀易)〉란 다시인데, 찻물을 주역의 '감'으로
보고 풍로의 불을 '이'로 대비시킨 것이 절묘하다. 《주역》의 오묘한
세계를 차 한 잔에 담아낸 이는 아마도 포은이 최초가 아닐까 싶다.

가는 길 영동고속도로 용인나들목에서 광주 방면으로 가다가 모현면 면사무소
에서 등잔박물관 가는 길로 오거나, 수원-광주 간 60번 직행버스를 타고 능원리묘소 입
구에서 하차하면 된다.

한줄기 차 달이는 연기
석양을 물들이네

서울 강남에 봉은사가 있다는 것을 알면서도 직접 가보기는 이번이 처음이다. 법정 스님으로부터 한때 봉은사 다래헌에 계셨다는 말을 자주 들었지만 그때는 강북에서 절을 가려면 뚝섬에서 나룻배를 탔다고 한다. 지금의 변화는 가히 상전벽해라 할 만하다. 봉은사는 조선 중기에 허응당(虛應堂) 보우(普雨: 1515~1565)가 주지로 있으면서 유명해진 절이고, 보우는 문정대비의 신임 아래 꺼져가던 전등의 불길을 되살려낸 인물이다. 보우가 문정대비를 설득해 조선조에 들어서 없어진 승과제도를 부활해놓음으로써 서산대사로 더 알려진 청허 휴정선사나 사명당 유정선사라는 걸출한 고승이 출현했기 때문이다.

경내에는 갖가지 소담스러운 연등이 걸려 있다. 나그네도 마음속에 연등을 하나 켜고 보우 스님의 진영이 봉안된 영각(影閣)으로 오른다. 영각 안으로 드니 주불인 지장보살 왼편에 보우, 청허, 사명 스님 순으로 진영이 모셔져 있다. 나그네는 참배를 하면서 상념에 잠긴다.

　　　그 누가 나처럼 이 우주를 소요하리

　　　마음 따라 발길 마음대로 노니는데

　　　돌평상에 앉고 누워 옷깃 차갑고

　　　꽃핀 언덕 돌아오면 지팡이 향기롭네

　　　바둑판 위 한가한 세월은 알고 있지만

　　　인간사 흥망성쇠 내 어찌 알리

　　　조촐하게 공양을 마친 뒤에

　　　한줄기 차 달이는 연기 석양을 물들이네.

　　　宇宙逍遙孰我當　尋常隨意任彷徉

　　　石床坐臥衣裳冷　花塢歸來杖履香

　　　局上自知閑日月　人間那識擾興亡

　　　淸高更有常齊後　一抹茶煙染夕陽

　　산승의 면모를 물씬 풍기는 보우의 다시다. 사극에 나오는 권승이
나 요승의 모습이 아니다. 왜곡된 역사는 멀쩡한 사람도 색맹을 만
들어버리니 안타까운 일이다. 이제는 우리 역사도 하나하나 바로잡
고 편견 없이 볼 일이다.

　　한미한 집에서 태어난 보우는 15세에 금강산 마하연사로 출가하
여 6년의 정진 끝에 깨달음을 얻고 《화엄경》 등 모든 대장경을 섭렵

바둑판 위 한가한 세월은 알고 있지만 인간사 흥망성쇠 내 어찌 알리. 조촐하게 공양을 마친 뒤에 한줄기 차 달이는 연기 석양을 물들이네. 봉은사 법당

한다. 이후 《주역》까지 통달하여 저잣거리의 유학자들과 널리 교유하게 된다. 그들의 천거로 명종의 어머니인 문정대비를 만난다. 보우가 한 첫 번째 일은 횡포가 심한 유생을 본보기로 처벌하게 하고 전국의 사찰에 방을 붙여 잡된 유생의 난입을 금지시킨 것이다. 이에 유생들은 보우의 목을 베라는 상소를 올리지만 보우는 그들에 맞서 불교의 기틀을 하나하나 다진다. 선교양종을 부활시키고, 도첩제도와 승과제도를 다시 실시하여 승려의 위의(威儀)를 지키고 자질을 향상시킨다. 이때 4백여 건이 넘는 유생들의 상소는 조정을 들끓게 한다. 결국 보우는 일선에서 잠시 물러나 있다가 문정대비가 죽고 난 후, 바로 체포되어 제주도로 귀양을 간다. 귀양 간 지 며칠 만에 보우는 제주목사 변협에 의해 죽임을 당한다. 수많은 유생과 맞서 불법을 다시 일으키려고 몸부림치다가 마침내 순교한 것이다.

보우를 죽이라는 유생들의 상소가 극에 달했을 때 보우는 차 한 잔을 마시며 "지금 내가 없으면 후세에 불법이 영원히 끊어질 것이다"라고 말했다고 한다. 유생들과 타협하지 않고 자신의 신념을 불같이 밀어붙여 숭유배불의 분위기 속에서도 전등의 불이 꺼지지 않게 한 보우의 삶이 오늘따라 더 크게 보인다.

영각을 내려오니 판전(板殿)이라 쓴 추사 김정희의 글씨가 한눈에 든다. 초의선사의 스승이던 추사 역시 다인이 아니던가. 편액에 판전이라는 고졸미(古拙美) 넘치는 글씨를 쓰고 3일 후 죽었다고 하

꽃은 스스로 봄바람에 웃고 있네. 추사 김정희가 마지막으로 남긴 글씨(판전)

니 추사가 남긴 마지막 글씨인 셈이다. 나그네가 찾는 다인의 흔적이란 점에서 반갑고 정겹다.

도심의 절인 봉은사에서 봄꽃을 보다니 신기하기조차 하다. 초파일을 기다리는 연꽃등이 바람에 살랑이고 있다. 보우의 절창이 생각난다.

꽃은 스스로 봄바람에 웃고 있네.
花自笑春風

가는 길 지하철 2호선 삼성역 6번 출구로 나와 아셈타워 쪽으로 1백 미터쯤 걸어가면 봉은사 입구가 보인다. 승용차를 이용할 경우에는 코엑스 인터콘티넨탈 호텔 맞은편으로 가면 된다.

물은 생로병사의
열쇠를 쥐고 있다

허준(許浚)의 호를 빌려 지은 가양동 구암공원을 거닐며 예전에 보았던 허준의 일생을 소재로 한 드라마를 떠올려본다. 허준은 스승의 시신을 해부하면서 자신의 의술을 완성한다. 유교국가에서 사람의 몸에, 그것도 스승의 몸에 칼을 댄다는 것은 상상할 수조차 없는 일이었다. 물론 이 이야기는 구전되는 설화를 소재로 엮은 드라마이기 때문에 실재는 아니다.

우리나라 최초로 인체를 해부했던 사람은 참판 전윤형이다. 그는 허준과 동시대를 살았던 인물이다. 이익의 《성호사설》을 보면 전윤형이 '시신을 세 번 해부한 후에 의술이 정통해졌다'는 기록이 있는 것이다. 전윤형은 이괄의 난 때 사형을 당하는데, 그때 사람들은 그가 시신을 해부하여 천벌을 받았다고 손가락질했다. 유교윤리와 의술의 갈등을 말해주는 일화로서 선구자가 된다는 것이 얼마나 외롭고 힘든 일인지 짐작케 하는 얘기다.

옛사람들은 차를 약으로 설명하기도 했다. 당나라 진장기(陳莊

차나무의 성질은 약간 차고, 맛은 달고 쓰면서 독이 없는 식물이다. 그 성질이 쓰고 차면서 기운을 내리게
하고, 체한 음식을 소화시켜준다. 구암공원에 있는 허준 동상

器)는 자신의 저서 《본초습유(本草拾遺)》에서 '온갖 약은 각병지약(各病之藥)이지만 차는 만병지약(萬病之藥)이다'라고 했고, 허준은 《동의보감》에 다음과 같이 기록해놓고 있다.

'차나무의 성질은 약간 차고, 맛은 달고 쓰면서 독이 없는 식물이다. 그 성질이 쓰고 차면서 기운을 내리게 하고, 체한 음식을 소화시켜주고, 머리와 눈을 맑게 하고, 소변을 잘 보게 한다. 또한 소갈증을 멈추게 하고 잠을 적게 해주며 화상 입은 곳에 독을 없애준다.'

차나무의 여러 가지 이름도 소개하고 있다.

'차나무는 치자와 같고 겨울에 잎이 나는데 일찍 딴 것을 차라고 하고, 늦게 딴 것을 명(茗)이라 하며 그 이름은 다섯 가지가 있다. 차(茶), 가(檟), 설(蔎), 명(茗), 천(荈)이다. (중략) 어린 싹을 작설(雀舌), 맥과(麥顆)라고 하는데 이는 싹이 아주 어린 것으로 납차(臘茶)라고 하는 것이 바로 이것이다. 어린 싹을 따서 찧어 떡을 만든 뒤 불로 구운 것이 좋다. 입수족궐음경(入手足厥陰經)에 반드시 뜨겁게 마시라 했다. 차게 마시면 담(痰)이 모이고 오래 마시면 사람에게서 지방을 빼서 여위게 한다.'

아마도 우리나라 의서에 '작설차'라는 용어가 등장한 것은 《동의보감》이 최초가 아닌가 싶다. 뿐만 아니라 동의보감 〈고다(苦茶)〉편은 차의 종류와 성질과 효능을 집대성하여 정리해놓고 있다. 그러므로 허준을 우리나라 다맥에 있어서 다의(茶醫)라 부르면 어떨까?

허준은 다섯 가지 맛(五味)이 나는 차의 공덕을 다음과 같이 정리하
고 있다.

머리를 맑게 해준다.
귀를 밝게 해준다.
밥맛을 돋운다.
소화를 촉진시켜준다.
술을 깨게 해준다.
잠을 적게 자게 해준다.
갈증을 없애준다.
피로를 풀어준다.
추위와 더위를 덜 타게 해준다.

허준의 본관은 양천, 지금의 가양동 일대이다. 그는 양천에서 명
종 1년(1546)에 출생하여 광해군 7년(1615)에 죽는데, 자는 청원이
다. 조부와 부친이 모두 무과 출신인데, 그는 29세 때 의과에 급제하
여 의관으로 나아간다. 어의가 되어 왕의 신임과 명성을 얻은 후 당
상(堂上)의 품계를 받고 사헌부, 사간원의 상소에 시달리기도 한다.
임진왜란 때 선조를 따라 의주까지 호종하여 호종공신(扈從功臣)이
되며, 선조 20년(1596)에 선조의 명을 받아 의인(醫人)들과 함께
《동의보감》의 편집에 들어간다. 그러나 정유재란을 만나 의인들이

흩어져 중단되고 허준 혼자서 광해군 2년(1610)에야 25권 25책으로 완성을 본다. 실로 10여 년 만에 이룩한 당시의 의학지식을 거의 집대성한 한방의학서로서 내경, 외형, 잡병, 탕액, 침구 등 5편으로 편집되었고 보감은 곧 중국과 일본으로 전해졌다.

한편, 다인들에게 물은 차의 몸(體)이라 하여 아주 중요하게 다뤄지고 있는데, 허준 역시 '물은 생로병사의 열쇠를 쥐고 있다'고 보다 근원적인 결론을 내리면서 찻물의 으뜸으로는 천기가 충만한 새벽에 처음 긷는 정화수, 그다음으로 한천수(寒泉水)를 들고 있다.

가는 길 강북에서 가양대교를 지나 첫 사거리에서 좌회전하면 이정표가 보이는데, 8백 미터쯤에 허준 동상이 있는 구암공원이 나오고 주변에 한의사협회 건물과 허준박물관 등이 있다.

유배 길에도
차 마시며 풍류 즐겨

자하(紫霞) 신위(申緯: 1769~

1845)가 성장했던 유적지를 오랫동안 찾다가 등잔 밑이 어둡다는

말을 실감했다. 그가 완도와 제주도 사이에 있는 추자도로 유배 간

것은 알았으나 정작 그의 성장지가 관악산 부근이라는 사실을 최근

에 알았기 때문이다. 나그네가 남도 산중으로 들어오기 전인 서울

생활 시절 일요일마다 산행했던 산이 관악산이고 보니 더욱 그렇다.

지인으로부터 서울대 캠퍼스의 산자락에 신위 조부의 문인석(文

人石)이 있다는 것과 관악산의 호수공원 가에 신위의 흉상이 있다

는 얘기를 듣고서야 고개를 끄덕였다. 신위의 호가 왜 자하인지 그

해답도 풀렸다. 지금도 과천의 시흥향교 쪽에서 연주암 가는 계곡을

자하동천(紫霞洞天)이라고 부르고 있다.

다인들은 신위를 가리켜 차에 일가를 이뤘다고 해서 그의 이름 앞

에 다가(茶家)를 붙인다. 그의 다시들은 차의 모든 것들이 소재가

되고 있다. 가령 떡차(餠茶 혹은 茶餠)로 차를 달이는 풍경을 소재

로 한 다시의 제목은 〈이천사람이 돌냄비를 선물하기에 방두샘물을 길어 용 등뼈 모양의 떡차를 달이며 짓다(伊川人贈石銚汲方斗泉煮龍脊茶餅有作)〉이다.

돌냄비에 차 달이니 떡차향기 나고
구리병에 길은 물은 금옥 부딪치는 소리 낸다
문서(案牘)들로 몸이 피로하여 하품과 기지개 켤 때
이미 솔바람 소리 나고 두 번째 찻물이 끓네.

石銚烹茶貢餅香
銅瓶汲水佩聲鏘
勞形案牘欠伸頃
已過松風第二湯

신위의 자는 한수(漢叟), 호는 자하 또는 경수당(警修堂)이다. 아버지는 대사헌 대승(大升)이며 정조 23년(1799)에 알성문과에 급제하여 초계문신(抄啓文臣)으로 발탁된다. 순조 12년(1812)에는 주청사의 서장관으로 청나라에 갔는데 이때 신위는 벌써 차 마시기에 익숙했던 듯하다. 만주를 지나다 동정수(東井水)를 길어 찻물로 이용했다는 다시가 보인다. 신위는 청나라에서 대학자 옹방강(翁方綱)을 만나 학문의 눈이 열렸으며 이후 시서화 삼절로 불렸는데 신위 사후에 김택영은 다음과 같이 평했던 것이다.

문서(案牘)들로 몸이 피로하여 하품과 기지개 켤 때 이미 솔바람 소리 나고 두 번째 찻물이 끓네.
신위가 어린 시절을 보낸 관악산 계곡(지금의 호수공원)

차화로에 불이 있는 듯 없는 듯 또르르 또르르 구리병이 우네.
서울대박물관 뒤에 있는 신위 조부 묘의 문인석

'그림은 시에 버금가는데, 묵죽화에 더욱 묘하여 중국인들이 다투어 보배로 삼았고, 글씨 또한 그림에 버금가므로 세상에서는 삼절이라고 말한다.'

중국인들이 신위의 묵죽화를 욕심냈던 것을 보면 그림의 품격을 짐작할 만한데, 반면에 그의 벼슬살이는 순탄치 못했던 것 같다. 요직에 들지 못하고 내직과 외직을 들락거린다. 병조참지에서 곡산부사로, 다시 승지에서 춘천부사로, 병조참판에서 강화유수로 나간다. 1830년 7월 시흥 자하동천(지금의 과천)으로 물러나 은거하기도 하지만 한 달 뒤 강화유수 때 국가 재정을 남용하였다는 윤상도의 모함을 받고 추자도로 유배를 간다. 신위는 옥에 갇히거나 유배를 가면서도 차도구를 가지고 다닐 정도로 차에 인이 박인 차꾼이었다. 유배지 추자도에서 지어진 듯한 다시에 차도구인 차화로와 구리병이 나온다.

비 그치자 벌레 소리 나고
안개 자욱하니 온갖 풀이 젖네
방울져 떨어지는 소리 치자나무 담 집에 맴돌고
남은 물기는 베개풀에 스미네
작은 쑥집에 머무르려면
여울 지나걸랑 짧은 노를 멎으시게나

차화로에 불이 있는 듯 없는 듯
또르르 또르르 구리병이 우네.
雨止蟲聲作 空濛百草濕
淋鈴在舊宇 餘潤枕簟襲
如寄小蓬屋 過灘停短楫
茶爐有火否 啁啁銅瓶泣

　순조 31년(1831) 4월 해배 길에 신위는 초의선사가 주석하는 대
흥사 북선원(北禪院)에 들러 《초의시고(草衣詩藁)》의 서문을 써준
다. 초의와는 구면이었다. 초의가 자하동천에 은거하던 신위를 찾아
와 그의 스승인 완호삼여탑명(玩虎三如塔銘)의 서문과 글씨를 써달
라고 했던 것이다.
　다인으로서 재조명할 인물이 있다면 나그네는 단연 신위를 먼저
꼽는다. 그는 어디서나 차도구를 펼쳐놓고 풍류 삼아 홀로 차를 마
시며 차에 심취했던 차꾼이었던 것이다.

가는 길 과천 향교 쪽에서 연주암 가는 길에 자하동천이 있고, 서울대 캠퍼스 안
에 신위의 별장 터라고 알려진 자하연이 있다.

눈발은 창을 때리고
차향은 다관을 새어 나오네

겨울비가 한두 방울 떨어지고 있
다. 그래도 태고사로 가는 산행을 포기할 수는 없다. 태고사를 창건
한 태고(太古) 보우선사(普愚禪師: 1301~1382)는 우리 선종사(禪
宗史)에서 중요한 위치를 차지하고 있다. 중국 임제선사의 17세손
인 석옥 청공으로부터 인가를 받고 돌아와 해동의 선맥(禪脈)을 발
흥시킨 고승이기 때문이다. 나그네는 보우가 태고사에 머물면서 지
은 〈태고암가(太古庵歌)〉 19수 중에서 한 수를 읊조려본다.

맛없어도 음식이며 맛있어도 음식이니
누구든 식성 따라 먹기에 맡겨두네
'운문의 떡' 과 '조주의 차' 여
이 암자의 맛없는 음식에 어이 비기리.
麤也飡細也飡
任爾人人取次喫

맛없어도 음식이며 맛있어도 음식이니 누구든 식성 따라 먹기에 맡겨두네.
'운문의 떡'과 '조주의 차'여 이 암자의 맛없는 음식에 어이 비기리. 삼각산이 한눈에 드는 보우선사의 부도

雲門糊餅趙州茶

何似庵中無味食

　보우 스님의 스승인 석옥의 눈을 한층 밝게 한 시다. 석옥은 보우의 〈태고암가〉를 보는 순간 중국 선객들이 읊조리는 현란한 게송과 달리 차와 같은 한가하고 맑은 맛을 느꼈던 것이다.

　홍주 출생인 보우의 법명은 보허(普虛)이고 호는 태고, 시호는 원증국사(圓證國師)이다. 13세에 출가하여 양주군 회암사에서 광지화상에게 불법을 배우고 가지산 보림사에서 도를 닦았다. 충숙왕 12년(1325)에 승과에 급제했으나 나아가지 않고 용문산 상원암과 개성의 감로사에서 고행하였다. 33세 때 감로사에 머물며 일대사를 성취하지 못한다면 죽음도 사양하지 않겠다는 각오로 7일 동안의 용맹정진 끝에 첫 깨달음을 얻었고, 38세 때에는 사대부 채중원의 장원(莊園)에서 무(無) 자 화두를 들고 오매일여의 경지로 나아가 오도송을 터뜨렸다.

　(전략)

　관문을 쳐부수고 나니

　맑은 바람 태고에서 불어오네.

　打破牢關後 淸風吹太古

이후 보우는 남양주 초당으로 돌아가 한 해 동안 어버이를 봉양하면서 1천7백 가지의 화두를 점검하며 보임하다가 삼각산 중흥사 주지로 주석한 뒤, 중흥사 동쪽에 태고암을 짓고 5년간 산거정진한다. 이때 보우는 〈태고암가〉를 부르며 유유자적하다가 자신의 깨달음을 인가할 스승을 찾아 46세 때 중국으로 건너간다. 이후 중국의 고승을 찾아 2년 동안 만행하게 되고, 마침내 석옥 청공을 만나 보름 만에 인가를 받는다.

48세에 귀국한 보우는 용문산에 소설암을 짓고 정진하던 중 56세에 공민왕의 부름을 받아 봉은사에 주석하면서 왕사로 책봉된다. 그는 왕이 나라 다스리는 일을 묻자 이렇게 아뢴다.

"인자한 마음이 바로 모든 교화의 근본이자 다스림의 근원이니 빛을 돌이켜 마음을 비추어보십시오. 그리고 시절의 폐단과 운수의 변화를 살피지 않으면 안 될 것입니다."

왕사가 된 지 16년 만에 왕은 다시 보우를 나라의 스승으로 삼고자 국사로 책봉했다. 보우는 국사로 책봉되고서 12년 후인 82세에 용문산 소설암으로 돌아와 제자들을 불러 모으고 다음과 같은 열반송을 남긴 뒤 눈을 감았다.

사람의 목숨은 물거품처럼 빈 것이어서
팔십여 년이 봄날 꿈속 같았네

늠름한 추위는 뼈에서 생기고 소소한 눈발은 창을 두드리는데
깊은 밤 질화로에 달이는 차향기가 다관을 새어 나오네. 태고사 경내에 있는 보우선사의 탑비

죽음에 다다라 이제 가죽포대 버리노니

둥글고 붉은 해가 서산으로 넘어가네.

人生命若水泡空

八十餘年春夢中

臨終如今放皮袋

一輪紅日下西峰

　표지판에 그려진 약도로는 한 시간 정도는 산길을 올라야 태고사
에 도착할 줄 알았는데 의외로 가깝다. 어느새 비도 그쳐 있다. 나그
네의 눈길을 가장 먼저 잡는 것은 대웅보전 왼편 위쪽의 영천(靈泉)
약수이다. 보우 스님은 영천의 찬물을 길어 차를 달였던 것이다.

　(전략)

늠름한 추위는 뼈에서 생기고

소소한 눈발은 창을 두드리는데

깊은 밤 질화로에

달이는 차향기가 다관을 새어 나오네.

凜凜寒生骨

蕭蕭雪打窓

地爐深夜火

茶熟透瓶香

대웅전 뒤편의 계단을 따라 오르니 보물 749호로 지정된 보우 스님의 사리탑(원증국사탑)이 나온다. 뒤돌아서 보니 삼각산이 한눈에 든다. 허공을 오가는 솔바람 소리에 귀가 씻기고 삼각산의 기세에 머릿속이 헹구어지는 느낌이다. 이런 명당에서 차 한 잔 마시지 못한다는 것이 못내 아쉽다.

가는 길 북한산성 매표소를 지나 승용차로 15분 정도 가면 주차장이 나온다. 거기서 다시 30여 분 산행을 하면 태고사에 이른다.

세상 일 꿈꾸지 않고
차 한 잔에 잠기네

함허 스님(涵虛: 1376~1433)이 수행했다고 해서 계곡 이름이 함허동천인 모양이다. 함허동천을 지나자 바로 정수사가 나온다. 정수사 입구에는 동동주에다 떡을 파는 아주머니가 예전 모습 그대로이다. 나뭇가지를 물어 나르며 소나무 가지 위에 얹힌 헌 집을 수리하는 까치도 여전하다.

산신각 밑에 있는 석중천(石中泉)으로 가 샘물 한 모금을 먼저 마신다. 다인들이 찻물로 부러워하는 물이다. 가을 물은 비가 자주 오는 여름 물보다 맛좋은 것이 상식이다. 일찍이 초의는 '차는 물의 신(神)이고, 물은 차의 몸'이라 했다. 차와 물은 불가분의 관계인 것이다.

함허 스님이 조선 초에 정수사(淨修寺)를 물 수(水) 자를 넣어 정수사(淨水寺)로 바꿨을 정도라면 이곳의 물맛은 이미 검증된 것이 틀림없다. 물가에서 맑은 물소리를 듣고 자란 오동나무로 만든 거문고를 최고로 친다고 했던가. 물을 악기처럼 여기어 달고 무거운 물

물을 악기처럼 여기어 달고 무거운 물맛을 거문고의 저음 같다고 표현하는 차꾼도 있다.
함허선사가 샘을 파고 차를 마시던 정수사

맛을 거문고의 저음 같다고 표현하는 차꾼도 있다.

　나그네는 정수사를 다시 찾으면서 큰 소득을 하나 올렸다. 지금까지 중국의 고불(古佛) 조주 스님의 다시로 알고서 다실 벽에 붙여놓고 감상하곤 했는데, 정수사에서 그것이 잘못된 지식이라는 것을 알았다. 함허 스님의 다시라니 얼마나 흐뭇했는지 모른다.

　　한 잔의 차는 한 조각 마음에서 나왔으니
　　한 조각 마음은 한 잔의 차에 담겼어라
　　마땅히 이 차 한 잔 한번 맛보시게
　　한번 맛보시면 한없는 즐거움이 솟아난다네.
　　一椀茶出一片心
　　一片心在一椀茶
　　當用一椀茶一嘗
　　一嘗應生無量樂

　차를 권하는 권다시(勸茶詩)라고나 할까. 함허 스님이 사형인 진산(珍山)과 옥봉(玉峰)의 영가 앞에서 향과 차를 올리며 지었다는데, 한 수가 더 전해지고 있다.

　　이 차 한 잔에
　　저의 옛 정을 담았소

차는 조주 스님의 가풍

사형께 권하노니 한번 맛보시오.

此一椀茶

露我昔年情

茶含趙老風

勸君嘗一嘗

충주 출생인 함허의 법명은 기화(己和), 호는 득통(得通). 함허(涵虛)는 그가 잠시 머물렀던 평산 연봉사의 작은 방의 이름에서 연유한 당호이다. 그는 일찍이 성균관에 입학하여 공부를 하다 친구의 죽음을 목격하고는 관악산 의상암으로 입산한다. 이후 회암사로 가 무학대사의 가르침을 받고 여러 절을 만행한 후 회암사로 돌아와 깨달음을 이룬다. 현등사와 정수사에 부도가 있고, 봉암사에 비가 있는 것만 봐도 그의 만행 흔적을 알 수 있다. 그는 봉암사를 크게 중수하고 난 뒤 '죽음에 이르러 눈을 드니 시방세계 푸른 허공은 중유(中有)의 길이 없는 서방극락이다'라는 임종게를 남기고 입적한다.

함허의 불교사적 위치는 조선 초 배불정책 속에서 불교를 수호한 고승이었다는 점이다. 그런 이유 때문에 선사이면서도 유교에 대응하기 위해 《현정론(顯正論)》,《유석질의론(儒釋質疑論)》 등 스승 무학대사와 달리 저서를 많이 남겼다. 불교와 유교, 도교가 하나로 회한 잔의 차는 한 조각 마음에서 나왔으니 한 조각 마음은 한 잔의 차에 담겼어라.
정수사를 내려다보고 있는 함허선사 부도

통한다고 주창한 것을 보면 당시의 불교 탄압을 시정하고자 노력한 그의 호법의지를 짐작할 수 있다. 이 밖에도 그의 저서로 《원각경소》 3권, 《금강경오가해설의》 2권 1책, 《함허화상어록》 1권 등이 전해지고 있다.

숭유배불의 긴장된 분위기 속에서도 함허선사가 선열(禪悅)의 오롯한 시간을 잃지 않았던 것은 한 잔의 차가 있었기 때문이 아닐까. 아래 다시 속에도 그의 심정이 잘 나타나 있다.

(전략)
화로에 차 달이는 연기 향기로운데
누각 위의 옥전(玉篆)의 연기 부드러워라
인간세상 시끄러운 일 꿈꾸지 않고
다만 선열 즐기며 앉아서 세월 보내네.

시비 많고 힘든 세상을 살아가는 데 차 한 잔이 얼마나 큰 위로가 되는지 오늘 우리들이 귀감으로 삼을 만하다.

가는 길 강화도에서 전등사 입구까지는 승용차로 30여 분 거리이며 다시 정수사까지는 6킬로미터 거리이다. 강화도행은 차가 밀리지 않는 평일이 좋다.

백운 이규보 강화도 이규보 묘

바위 앞 물 마를 때까지
차를 마시리

일찍이 나그네는 이규보(李奎報: 1168~1241)의 〈우물 속의 달을 읊다(詠井中月)〉란 시가 너무 좋아 시의 내용을 소재 삼아서 동화를 한 편 쓴 적이 있다. 주제는 욕심을 버리라는 것이었다. 여주 출신의 이규보가 왜 강화도에 묻혔는지는 의문으로 남아 있지만 오늘은 그의 묘소를 찾아가면서 동화를 쓰게 했던 그 시를 흥얼거려본다.

산에 사는 스님이 달빛을 탐내어
병 속에 물도 달도 함께 담았다네
절 모퉁이 돌아와 마땅히 깨달았으리
병 기울이니 달도 따라 사라진 것을.
山僧貪月色
幷汲一瓶中
到寺方應覺
瓶傾月亦空

산에 사는 스님이 달빛을 탐내어 병 속에 물도 달도 함께 담았다네. 절 모퉁이 돌아와 마땅히 깨달았으리.
병 기울이니 달도 따라 사라진 것을. 이규보 후손이 건립한 백운재

이규보를 일컬어 '해동의 백낙천(白樂天)'이라고 부르면 어떨까? 그가 지은 《백운소설》에 '당나라 백낙천과는 음주와 광음영병(狂吟詠病)이 천생 같아 낙천을 스승으로 삼는다'라고 할 정도로 그는 시주(詩酒)를 즐겼고, 거기에다 거문고까지 애지중지하여 스스로 삼혹호(三酷好) 선생이라고 불렀다. 실제로 그는 저서인 《동국이상국집》에 다시(茶詩) 40여 편을 포함하여 2천 수 이상의 시를 남겼으니 가히 '해동의 백낙천'이라 할 만하지 않은가.

40여 편의 다시는 당시 차살림의 모든 것을 소재로 한 시들로서, 차를 연구하는 다인들에게 아주 귀중한 자료가 되고 있다. 그의 다시에는 잔설 속에서 따는 조아차(早芽茶: 올싹차)가 나오는가 하면, 찻잎을 불에 쬐어 말려서 덩어리가 되게 하는 떡차 만들기 방법도 나온다. 그런가 하면 '맑은 향기 미리 새어날까 두려워하여/옥색 비단으로 굳게 감싼 상자를 자줏빛 머루덩굴로 매었네'라고 차의 포장에 대해 쓴 부분이나, 차 상자에 보관하여도 장마철에는 차가 변질된다고 하는 내용에서는 차살림의 다구(茶具)도 엿보게 한다. 그리고 어떤 다시에서는 잔설 속에서 딴 유차(孺茶: 젖먹이차)라고 속여 파는 장사꾼이 있었다는 것이 보이고, 차세(茶稅)를 두어 차 산지의 백성들을 괴롭히는 데 비분강개하여 지방 군수에게 일갈하는 글도 있다.

'흉년 들어 거의 다 죽게 된 백성, 앙상한 뼈와 가죽만 남았는데, 몸속에 살은 얼마나 된다고 남김없이 죄다 긁어내려 하는가. 네 보는가. 하수를 마시는 두더지도 그 배를 채우는 데 지나지 않는다. 묻노니 너는 얼마나 입이 많아서 백성의 살을 겁탈해 먹는 건가.'

여주에서 출생한 그는 어린 시절부터 시를 잘 지어 문사들로부터 기재(奇才)라 불렸으나 과거를 위한 형식적인 글공부는 등한시했다. 그런 탓에 그는 사마시에 네 번째 응시하여 수석으로 급제한다. 그러나 관직을 못 얻고 25세에 개경의 천마산으로 들어가 장자의 걸림 없는 경지를 흠모하여 호를 백운거사(白雲居士)라 짓고 다인으로서 차살림을 하다가 1년 만에 개경으로 나와 독서로 소일했다. 그때 그는 서사시 《동명왕편》을 지었다. 서문에서 그는 〈구삼국기〉를 얻어 동명왕 본기를 보니 그 신기한 사적이 세상에서 이야기하는 것보다 더했다. 그래서 처음에는 믿을 수 없어서 귀(鬼)이고 환(幻)이라 생각했는데 세 번이나 다시 음미하고 나니 점차 그 근원에 이르게 되어 환이 성(聖)이며 귀가 신(神)이었다'고 말하면서 '우리나라가 본디 성인의 터임을 알게 하려 할 따름이다'라고 당시 중화 중심의 사대주의에 빠져 있던 문사들과 견해를 달리했다.

나그네는 그의 다시 중에서 가장 좋아하는 한 수를 읊조려본다.

납승이 손수 차 달여
내게 향기와 빛깔을 자랑하네
나는 말하노니 늙고 목마른 놈이

어느 겨를에 차 품질을 가리랴
일곱 사발에 또 일곱 사발
바위 앞 물을 말리고 싶네.
衲僧手煎茶 誇我香色備
我言老渴漢 茶品何暇議
七梡復七梡 要涸巖前水

　　차를 좋아하는 사람이라면 이 마지막 구절에 절로 미소가 지어지
리라. 바위 앞 찻물을 다 말리고 싶을 정도로 차를 사랑했던 이규보
인 것이다. '어느 겨를에 차 품질을 가리랴'라는 대목에서는 맛의
집착을 떠난 무욕의 경지도 느껴진다. 무슨 차가 좋고 어느 때 차가
나빴다는 등 까다롭게 차맛에 집착하는 이들이 있다면 가슴에 새겨
야 할 구절이 아닐 수 없다. 자기 앞에 무슨 차가 놓여 있든지 그것
에 감사하고 자족할 줄 아는 이야말로 진정한 다인이 아닐까. 차를
마시는 것도 덕(德)을 키우는 수행이 되어야 한다. 차는 단순히 혀
를 즐겁게 하는 기호식품이 아니기 때문이다.

가는 길 강화도로 들어서 전등사로 가다 찬물 약수고개를 지나면 목비고갯길 오른
편에 '백운 이규보 선생 묘'라는 이정표가 나타난다. 거기서 묘소까지는 3백 미터쯤 된다.

영욕 내려놓고
맑은 차 한 잔 했으리

이광수의 소설 《단종애사》를 읽고 분개했던 기억이 지금도 새롭다. 성삼문이 모진 국문을 받고 죽던 날, 신숙주(申叔舟)가 집에 돌아오자 그의 아내 윤씨가 성삼문과 함께 절의를 지켜 함께 죽지 않은 것을 힐책하고 부끄러워하며 다락에서 목을 매어 자살하고 만다. 야사(野史)의 일화가 소설화된 내용이지만 그때부터 신숙주는 나그네의 머릿속에 몰염치한 배신자로만 각인됐던 것 같다. 그러나 최근에 나그네는 신숙주의 정감 어린 다시를 한 편 접하고는 그를 다시 보기 시작했다. 나그네는 의정부에 사는 후배의 승용차를 타고 그의 묘로 향했다.

도갑산 절 작설차와
옹기마을 울타리에 떨어진 눈 속의 매화꽃은
마땅히 내게 고향 생각의 뜻을 알게 하니
남쪽 고을 옛일들이 떠올라 기뻐하노라.

道岬山寺雀舌茶
瓮村籬落雪梅花
也應知我思鄉意
說及南州故事多

　　이 시는 신숙주의 증조부가 나주 옹촌(瓮村)에 살 때 친교를 맺었
던 영암 출신인 도갑사의 수미(壽眉) 스님이 한양의 신숙주를 찾아
온 다음날 지은 것이라고 한다. 신숙주는 수미 스님이 보내준 작설
차를 오래 마셨을 터인데, 고향집의 눈 쌓인 울타리에 떨어진 매화
꽃을 잊지 못하는 그의 낭만에 나그네는 공감하지 않을 수 없다.

　　그런 안목으로 신숙주는《보한재집》에 안평대군이 소장한 222축
의 서화를 비평한 화기(畵記)를 남기지 않았나 싶다. 대단한 예술비
평인 셈이다. 그러나 신숙주는 한글창제와 여진을 토벌한 공로 및
탁월한 경륜으로 6대 왕을 섬겼음에도 불구하고 세조의 왕위찬탈에
동조했다는 이유로 '숙주나물보다 못한 변절자'라고 평가받아왔던
것도 사실이다.

　　신숙주는 조선 태종 17년(1417)에 나주에서 태어나 7세에 대제학
윤회의 문하에서 공부하다가 16세에 윤회의 손녀와 혼인한다. 23세
때 친시문과(親試文科)에 급제하여 전농직장(典農直長)이란 종7품
벼슬을 시작으로 집현전 부수찬, 부제학 등을 역임하다 문종 2년

도갑산 절 작설차와 옹기마을 울타리에 떨어진 눈 속의 매화꽃은 마땅히 내게 고향 생각의 뜻을 알게 하니
남쪽 고을 옛일들이 떠올라 기뻐하노라. 나주가 고향인 신숙주 선생 묘

(1452)에 동갑지기인 수양대군이 사은사(謝恩使)로 명나라에 갈 때 서장관이 되어 수행하면서 야심가로 변모한다. 수양대군은 연경에서 사은사의 임무를 마친 뒤 신숙주를 대동하고 영락제(永樂帝)가 묻힌 장릉(長陵)을 찾아갔던 것이다. 영락제는 명 태조 주원장의 넷째 아들로 부왕이 죽고 장조카인 혜제(惠帝)가 등극하자, 그를 죽이고 황제가 된 인물이다.

영락제는 "나의 패륜은 세월이 흐르면 잊혀지겠지만 나의 위업은 역사에 오래도록 기록될 것"이라고 말했다는데, 그들이 장릉 앞에서 엎드린 것은 암시하는 바가 크지 않을 수 없다.

어린 단종이 폐위되자, 역모에 가담한 신숙주는 높은 벼슬들을 거쳐 세조 8년(1462)에는 영의정에 이른다. 정상에 이르면 반드시 내려와야 하는 법. 성종 6년(1475) 59세에 이르러 병이 위독해지자 왕이 승지를 그에게 보내 뒷일을 물으니 북방 방비가 소홀하니 급히 조치하라고 아뢴 뒤, "장례를 박하게 지내고 서적을 함께 묻어 달라. 불가의 법을 쓰지 말라"고 유언했다.

저서 《보한재집》, 《북정록》, 《해동제국기》와 《사성통고》, 《국조오례의》, 《세조실록》, 《고려사절요》 등 수많은 서적 편찬의 업적을 남겼지만, 그를 문득문득 괴롭히는 내상(內傷)은 유학자로서 절의를 지키지 못한 것이 아니었을까? 그래서 그는 영욕이 묻을 수 없는 맑은 차 한 잔을 마시며 눈 속에 매화꽃이 피는 고향을 그리워하지 않

그를 문득문득 괴롭히는 내상은 유학자로서 절의를 지키지 못한 것이 아니었을까?
그래서 영욕이 묻을 수 없는 맑은 차 한 잔을 마시며 고향을 그리워하지 않았을까? 신숙주의 행적을 기록한 신도비

았을까? 신숙주가 다인이었던 것은 차나무가 자라던 고향과 무관치 않다. 당시 전라도 남쪽 지방에는 어디를 가든 차나무가 자생하고 있었던 것이다. 나주에서 영암으로 가는 길목에 신숙주의 생가 터가 있는데, 혹시 생가를 복원한다면 반드시 뜰에 차나무를 심고 그가 남긴 다시를 소개했으면 어떨까 싶다. 차는 그에 대한 편견의 독(毒)을 어느 정도 씻어줄 수 있을 것이기 때문이다.

봉분은 말이 없다. 아내 윤씨의 봉분이 오른쪽에 있고, 쌍분 좌우엔 문인석이, 묘역 하단 오른쪽엔 성종 8년(1477)에 이승소가 찬한 신도비가 적적하게 서 있을 뿐이다. 아직도 그의 혼이 고향 나주로 귀향하지 못한 것 같아 공연히 미안하고 안타까운 마음마저 든다.

가는 길 의정부역에서 15분쯤 청학리 방향으로 43번 국도를 따라가다 보면 의정부교도소가 나오고 맞은편에 '신숙주 선생의 묘'라는 표지판이 보인다. 고산초등학교를 지나 구성말로 가다 보면 좌측에 있다.

항아리를 들고 다니며
차를 달여 마시네

운길산 수종사에 오른 서거정은
'동방의 절 중 제일의 전망'이라고 격찬한 바 있다. 남한강과 북한
강이 만나는 풍광이 한눈에 드는 명당이기 때문이었다. 양수리(兩水
里 : 두물머리)란 지명도 그래서 생겨났을 것이다. 그런데 다인들은
수종사의 풍광도 풍광이려니와 절의 물맛에 더 주목해왔다. 정약용
이 57세 때 해배되어 강진 다산초당에서 양수리 부근의 고향집으로
돌아오자, 자연스럽게 정약용과 친교가 있는 다인들도 모여들게 된
다. 그리고 그들은 물맛이 좋은 수종사에 올라 차를 마시며 시회(詩
會)를 연다. 초의선사나 추사 김정희, 김정희의 아우 김명희와 정조
의 사위인 홍현주(洪顯周), 정약용의 아들인 학연 등이 그들이다.
이른바 차문화를 꽃피운 차꾼들이었다.

일지암에서 올라온 초의도 스승인 정약용을 만나고 나서는 다우
(茶友)들이 기다리는 수종사를 꼭 찾았던 것 같다. 그의 다시를 보
면 어렵지 않게 짐작할 수 있다.

겨울바람이 차갑더라도 차꾼들은 따뜻한 차 한 잔을 그리며 추위를 녹이게 마련이다.
수종사 경내의 팔각오층석탑과 정의옹주의 부도

꿈에서 깼는데 누가 나서 산차(山茶)를 줄까
게을리 경전 쥔 채 눈곱(眼花)을 씻는다네
믿는 벗이 산 아래 살고 있어
인연을 좇아 수종사(白雲家)까지 왔다네.
夢回誰進仰山茶
懶把殘經洗眼花
賴有知音山下在
隨緣往來白雲家

　　초의선사의 벗들이란 앞에서 얘기한 다우들이다. 겨울바람이 차
갑더라도 차꾼들은 따뜻한 차 한 잔을 그리며 추위를 녹이게 마련이
다. 홍현주의 다시 〈수종사를 바라보며(望水鍾寺)〉도 그런 심사를
나타내고 있다.

　　(전략)
다만 종소리는 맑은 세상에 남아 있고
공교루 그림자 찬 강물에 떨어지네
행장 속에 산중 물건 아직 남아 있어
들고 온 작은 옹기항아리에 차 달여 마신다.
只有鐘聲遺淨界
空敎樓影落寒江

차는 자신의 내면을 들여다보게 하는 명상과 사색의 징검다리이기도 하다.
남한강 양수리가 한눈에 보이는 수종사 경내의 삼정헌 다실

行狀猶有山中物

茗飮携來小瓦缸

홍현주의 생몰연대는 희한하게도 미상이다. 그의 문집인《해거재
시초》어디에도 나와 있지 않다. 본관은 풍산이고 자는 세숙(世叔),
호는 해거재(海居齋)라고 알려져 있을 뿐이다. 정조의 둘째 딸 숙선
옹주와 혼인하여 영명위에 봉해졌고 순조 15년(1815)에는 지돈녕
부사가 되었다. 그의 집안은 모두 다인들이었다. 우의정을 지낸 형
석주, 그리고 어머니 서씨, 아내인 숙선옹주 등도 차를 즐겨 마시며
읊조린 다시를 남긴 것이다. 그는 문장이 뛰어나 당대의 세도가들과
교우가 넓었으며 특히 초의선사와는 차로써 우정을 나누었다.

초의가 우리 차(東茶)를 찬양한《동다송》을 지은 동기도 사실은
해거도인 홍현주가 초의에게 차 만드는 법을 물은 데서 연유하고 있
다. 초의는《동다송》제1절 앞에 '해거도인께서 차 만드는 법에 대
해 물으시기에 마침내 삼가 동다송 한 편을 지어 올림'이라고 분명
하게 밝히고 있다.

수종사(水鐘寺). 절 이름이 물과 관련이 깊다. 세조가 금강산을 유
람하고 돌아오던 길에 절 부근에서 하룻밤을 묵으려고 하다가 종각
도 없는 절 쪽에서 맑은 종소리가 울려와 사람을 시켜 그곳을 살펴
보게 했다고 한다. 그런데 종소리는 16나한이 모셔진 동굴 천장에서

떨어지는 물방울 소리였다는 것이다. 그리하여 세조는 절에 은행나무 두 그루를 식수했고, 그가 다녀간 뒤부터 절 이름을 수종사라고 부르게 됐다는 얘기다.

그런데 지금은 설화 속의 동굴은 온데간데 없고 물맛이 좋기로 소문난 약사전 아래의 옹달샘이 하나 있을 뿐이다. 바로 이 샘물을 길어 홍현주 등의 차꾼들이 차를 달여 마셨으리라. 나그네는 차갑게 반짝이는 두물머리의 풍광을 접고 샘물을 한 모금 하면서 마치 차 한 잔을 하듯 눈길을 내면으로 돌려본다. 차는 자신의 내면을 들여다보게 하는 명상과 사색의 징검다리이기도 하니까.

가는 길 남양주시 다산 정약용 생가 앞에서 61번 국도로 나와 가평, 양평 방면으로 3킬로미터쯤 가면 진중삼거리가 나온다. 거기서 왼쪽 45번 국도로 2킬로미터쯤 가면 수종사 이정표가 보인다. 다시 수종사까지는 2킬로미터 정도이고 승용차로 절 입구까지 갈 수 있다.

춘원 이광수 남양주 봉선사

산중에 외로이 있으니
차맛인가 하노라

봉선사 절 입구에서 발걸음을 멈춘

다. 한글대장경의 초석을 세운 운허 스님의 부도가 있고, 춘원(春

園: 1892~1950)의 기념비가 서 있다. 다른 삶을 산 고인들이지만

묘하게 조화가 느껴진다.

춘원을 얘기할 때마다 두 가지의 평가가 충돌한다. 현대문학의 거

봉이라는 관점과 친일 지식인이었다는 평가가 그것이다. 뿐만 아니

라 그의 양면성은 또 있다. 천주교 신자였다가 해방 전에 불교로 귀

의했다는 점이다. 춘원은 금강산을 유람하는 동안 그곳의 절이나 암

자에 머물면서 불경을 접하고 난 후 장편소설 《원효대사》를 썼고,

《법화경》의 매력에 빠졌다고 전해진다.

춘원은 또 금강산에서 독립운동을 하다 쫓기던 운허 스님을 만난

다. 운허는 춘원의 삼종제(三從弟) 즉 팔촌동생이었으므로 마음을

터놓고 지내게 된다. 이때 운허는 춘원이 《법화경》을 한글로 번역하

고 있다는 얘기를 듣고 청담에게 만류를 부탁한다. 불경의 이해가

춘원은 봉선사에서 자신의 지친 마음을 달래주는 차를 만난다. 그가 묵었던 방은 차와 경전의 향기가 가득한 방이라는
이름의 다경향실(茶經香室)이었다. 봉선사 입구 우측의 이광수 기념비

깊지 못한 상태에서 오역하여 세상에 내놓을 경우 그 피해가 클 것인 데다 춘원은 대중에게 영향력이 큰 소설가였던 것이다. 결국 청담은 자하문 밖에 사는 춘원을 찾아가 일주일간의 격론 끝에 번역을 중단케 하고 불교로 귀의시킨다. 그때 청담은 춘원에게 《원각경》과 《능엄경》을 먼저 공부한 다음 번역하라고 권했는데, 3년 후 청담을 만난 춘원은 '내 고집대로 《법화경》을 번역했더라면 큰일 날 뻔했다' 고 고백했다고 한다.

춘원이 해방 후, 친일 변절자라 하여 신변에 위협을 느끼고 남양주 봉선사로 몸을 숨긴 것은 그곳에 운허 스님이 머물고 있기 때문이었다. 춘원은 봉선사에서 자신의 지친 마음을 달래주는 차를 만난다. 그가 묵었던 방은 차와 경전의 향기가 가득한 방이라는 이름의 다경향실(茶經香室)이었다. 이때 춘원은 차로 몸과 마음을 다스리며 1946년 9월 18일자의 《산중일기》에 연시조 형태의 다시를 지어 남긴다.

화로에 불 붙어라 차 그릇도 닦았으라
바위샘 길어다가 차 달일 물 끓일 때다
산중에 외로이 있으니 차맛인가 하노라.

내 여기 숨은 물을 알릴 곳도 없건마는
듣고 찾아오는 벗님네들 황송해라

구태여 숨으랴 아니라 이러거러 왔노라.

찬바람 불어오니 서리인들 머다하리
풀잎에 우는 벌레 기 더욱 무상커다
저절로 되는 일이니 삼하리로.

풀벌레가 우는 초가을의 밤에 샘물을 길어다 차를 달여 마시는 춘원의 고민이 무엇이었는지 어렴풋이 짐작된다. 그도 한때는 3·1운동의 도화선이 됐던 동경에서의 2·8독립선언을 주도했고 상해임시정부의 일에 일조했다고 해서 옥살이했던 적이 있었던 것이다. 그러나 그는 한 고비를 넘기지 못하고 일제의 침략정책에 동조하는 친일 지식인이 되고 만다. 그렇게 살아온 그의 눈에 세상은 번뇌의 불이 붙은 '불타는 집(火宅)'으로 보였으리라. 《산중일기》 9월 20일자에는 이런 글을 남기고 있다.

화로에 물을 끓여 미지근히 식힌 뒤에
한 집음 차를 넣어 김 안 나게 봉해놓고
가만히 마음 모아 이 분 삼 분 지나거든 찻종에 따라내니
호박이 엉키인 듯 한 방울 입에 물어
혀 위에 굴려보니
달고 향기로움이 있는 듯도 없는 듯도

차맛이란 외로워야만 더 깊이 음미할 수 있다. 봉선사 동종 보살

두 입 세 입 넘길수록 마음은 더욱 맑아
미미한 맑은 기운 삼계에 두루 차니
화택 번뇌를 한동안 떠날러라
차 물고 오직 마음 없었으라
맛 알리라 하노라.

　얼마나 차가 향기로웠으면 차를 마시지 못하고 입 안에 물고 있었
을까? 차맛이 외로움이라고 표현한 부분에서 나그네는 동의하지 않
을 수 없다. 차맛이란 외로워야만 더 깊이 음미할 수 있기 때문이다.

가는 길 의정부에서 포천 방면으로 43번 국도를 이용해 축석령을 넘어가자마자

오른편으로 10여 분 가면 봉선사에 이른다.

암자가 적막하니 너는 부모 생각나겠지
정든 절을 떠나 구화산을 내려가는 동자여
난간을 따라 죽마 타기 좋아했고
땅바닥에 앉아 금모래를 모았었지
냇물로 병을 채우려 달 부르던 일
단지에 찻물 끓이며 하던 장난도 그만두었네
잘 가라, 부디 눈물일랑 흘리지 말고
늙은 나야 벗 삼는 안개와 노을이 있느니라.
—지장법사

배고프면 밥먹고
목마르면 차마시리

강원도에서 만난 茶人

우통수에 이르러 물 한 모금으로 산길을 올라오느라 거칠어진 숨을 고른다.
현실과 상상의 경계가 안개처럼 모호했던 허균이 차를 달이고 싶어했던 샘물이다.
이 샘물이 한 방울 흘러 한강이 된다.

욕심 줄이는 것보다
나은 것 뭐 있으랴

옛 선비들이 일군 개인 정원을 세 곳만 추천하라고 한다면 나그네는 이자현의 청평 계곡과 양산보의 소쇄원 계곡, 그리고 윤선도의 보길도 부용동 계곡을 들겠다. 모두 자연풍광을 거스르지 않는 데 특징이 있다. 옛 사람들은 당(堂)이나 실(室)을 짓되 자연을 벗어나기보다는 그 속에 깃들게 했다. 그래서 그 흔적들이 인간중심적이지 않고 자연스럽게 보이는 것이다.

이자현(李資玄: 1061~1125)은 신선 같은 다인이었다. 이자현의 사적을 새긴 문수원중수비(文殊院重修碑)에도 다음과 같은 기록이 있다. 비의 앞면에 고려 예종과 인종이 차를 하사했다(賜茶)는 기록이 있고, 특히 뒷면에 다음과 같은 구절이 보인다.

'배고프면 밥을 먹고 목마르면 차를 마셨다. 묘용이 종횡무진하여 그 즐거움에 걸림이 없었다(饌香飯 渴飮名茶 妙用縱橫 其樂無碍).'

이자현은 다도(茶道)와 선학(禪學)뿐만 아니라 노장사상에도 심

옛 사람들은 당(堂)이나 실(室)을 짓되 자연을 벗어나기보다는 그 속에 깃들게 했다. 그래서 그 흔적들이 인간중심적이지 않고 자연스럽게 보이는 것이다. 이자현이 벼슬을 버리고 은둔한 청평사

배고프면 밥을 먹고 목마르면 차를 마셨다. 묘용이 종횡무진하여 그 즐거움에 걸림이 없었다. 회전문을 지난 청평사 경내

취했던 것 같다. 예종이 그의 인품을 사모하여 벼슬을 내리고 두 번째 불렀을 때에도 그는 진정표(陳情表)를 올리는데, 이른바 '호량(濠梁)의 물고기' 고사를 들어 사양했던 것이다. 장자와 혜자가 물가에서 물고기가 노니는 것을 보고 있다가 장자가 '물고기가 조용히 노는 것이 즐겁구나' 하고 말하자 혜자가 '자네는 물고기가 아니면서 어찌 물고기의 즐거움을 아는가?' 라고 묻는다. 이에 장자는 '자네는 내가 아니면서 물고기의 즐거움을 모르리라고 어찌 아는가?' 라고 했는데, 이자현은 이 고사를 빌려 다음과 같이 진정표를 올렸던 것이다.

'신이 듣잡건대 새의 즐거움은 깊은 수풀에 있고, 고기의 즐거움은 깊은 물에 있다 하옵니다. 고기가 물을 사랑한다고 하여 새를 깊은 연못에 옮기지 못할 것이요, 새가 수풀을 사랑한다 하여 고기를 깊은 숲에 옮기지 못할 것이옵니다. 새로서 새를 길러 수풀의 즐거움을 맘대로 하게 맡겨두고, 고기를 보고 고기를 알아 강호(江湖)의 즐거움을 느끼게 내버려두어 한 물건이라도 제 있을 곳을 잃지 않게 하고 군(君)의 정(情)으로 하여금 각기 마땅함을 얻게 함이 곧 성제(聖帝)의 깊은 인(仁)이요, 철왕(哲王)의 거룩한 혜택이옵니다.'

부귀공명을 버리고 사는 은둔거사이자 욕심이 없어 무엇에도 걸리지 않고 산 대자유인 이자현의 사상이 잘 함축된 사양의 글이 아닐 수 없다. 그에게 벗이 있다면 오직 자연과 선(禪), 그리고 차뿐이었다.

이자현의 자는 진정(眞靖), 호는 식암(息庵), 청평거사, 희이자(希夷子)로, 선종 6년(1089)에 과거에 급제하여 대악서승(大樂署丞)이 되었으나 관직을 버리고 춘천의 청평산에 입산하여 아버지가 지은 보현원을 문수원이라 고치고 당(堂)과 암자를 짓고 은거한다. 예종이 신하를 시켜 차와 향, 금과 비단을 보내면서 불렀으나 '신은 처음 도성 문을 나올 때 다시는 서울 땅을 밟지 않겠다고 맹서하였으니 감히 조서를 받을 수 없나이다' 라고 거절한다.

사촌인 이자겸이 세도를 부리고 예종이 자신을 총애하였음에도 왜 이자현은 권문에 나가지 않았을까? 예종의 왕비 문경태후(이자겸의 딸)가 죽기 전까지는 이자겸을 비롯한 이씨 일문은 1백 년간 세도를 부렸던 것이다. 27세 때 지극히 사랑하던 아내의 죽음을 보고 세상사의 덧없음을 깨닫고 속세를 벗어났던 것은 아니었을까? 이자현이 만들었다는 네모난 모양의 영지(影池) 아래쪽에 있는 이자현의 부도는 말이 없다. 예종이 남경(南京: 서울) 행차 때 그를 부른 적이 있는데, 그때 예종이 '몸을 닦고 천성을 기르는 묘법이 무엇인지 듣고 싶소' 라고 묻자, 그는 '고인이 말하기를 천성을 기르는 방법은 욕심을 적게 하는 것보다 나은 것이 없다 하였나이다' 라고 대답하였다고 전해진다. 무슨 일이든 성취하려면 욕심을 줄이고 순

리를 따라야 한다는 말일 것이다. 다인의 삶을 말해주는 금언이 아

닐 수 없다.

가는 길 춘천에서 소양강댐까지 가서 선박(10여 분 승선)을 이용하는 방법이 있

고, 서울에서 46번 국도를 이용하여 오음리 방면으로 가다가 간척사거리에서 우회전하

여 고개 너머에 조성된 주차장에서 내려 1킬로미터 정도를 걸어가는 육로가 있다.

차 달이는 연기 속에서
《제왕운기》를 짓다

물 맑은 오십천의 절벽 위에 지어진 죽서루(竹西樓)가 관동팔경의 누정 중에서 가장 크다고 한다. 그래서 죽서루는 예부터 삼척이 자랑하는 명소가 된다. 누각 안에 걸린 시인 묵객들의 시판(詩板)과 편액(扁額)들이 즐비하다. 동안거사(動安居士) 이승휴(李承休: 1224~1300), 가정 이곡, 율곡 이이, 송강 정철, 미수 허목 등 쟁쟁한 선비들의 이름이 나그네의 눈에 띈다. 지금은 시가지 한편에 붙어 옹색한 공원의 기능을 하고 있지만 송강이 들렀던 조선 때만 해도 자연 속의 풍광이 대단했을 것 같다. 송강도 이렇게 읊조렸다.

진주관 죽서루
오십천 내린 물이
태백산 그림자를 동해로 담아가니
차라리 한강의 목멱(남산)에 닿고 싶네.

두타산에서부터 오십 굽이나 굽이친다고 해서 오십천인데, 죽서루에 오른 송강은 오십천 속에서 태백산의 그윽한 산 그림자까지 보고 있다. 가사문학의 대가다운 절창이다.

두타산 산중에 살던 이승휴가 죽서루를 찾은 것은 아마도 관리들의 초청을 받았거나, 아니면 불법에 심취했던 그가 차 한 잔 마시기 위해 죽서루 북서쪽 대숲 속에 있던 죽장사(竹藏寺)를 가던 길이 아니었나 싶다. 죽장사의 풍광은 이승휴와 거의 동시대 인물인 안축의 〈관동별곡〉에 나타나 있다.

웅덩이에 솟은 누각 수부(水府)에 임했고
담을 격한 선당(禪堂) 바위를 기댔네
스님을 좋아하는 참뜻 아는 이 없고
십 리에 뻗친 차 달이는 연기
대숲에 이는 바람에 나부낀다.

죽서루에서 보이는 산 그림자가 담긴 오십천뿐만 아니라 대숲 너머로 피어오르는 죽장사의 차 달이는 연기(茶煙)도 시인 묵객들의 눈에는 한 폭의 그림이었으리라. 이승휴가 차를 좋아하게 된 까닭은 어린 시절 원정국사(圓靜國師)가 주석한 절에 가 공부했던 적이 있는데, 그때 스님들의 차살림 분위기가 평생 동안 각인됐지 않았나 싶다.

진주관 죽서루 오십천 내린 물이 태백산 그림자를 동해로 담아가니 차라리 한강의 목먹에 닿고 싶네.
죽서루 밑을 흐르는 오십천 절벽

이승휴의 자는 휴휴(休休), 호는 동안거사로, 자와 호 모두가 불교 용어인 것만 봐도 그가 얼마나 불교에 심취했는가를 짐작케 한다. 그는 경산부(지금의 성주) 가리현에서 태어나, 12세 때 희종의 셋째 아들인 원정국사의 절에서 명유(名儒) 신서에게 《좌전》과 《주역》을 배우고 14세 때 아버지를 여읜 후, 종조모인 북원군 부인 원씨의 도움으로 공부를 계속한다. 과거는 늦은 나이인 29세에 급제하여 홀어머니가 있는 삼척현으로 금의환향하지만, 몽고군의 5차 침입으로 강화도 길이 막혀 두타산 구동의 용계 옆에 집을 짓고 농사를 지으며 10여 년을 은거한다. 이후 지인들의 천거로 벼슬길에 나아가 서기나 녹사 등 문서를 다루는 관직을 맡다가 원나라 사신의 서장관으로 따라나선다. 다음해 또 원종의 부음을 전하기 위해 서장관으로 가는데, 민족의식이 강했던 그는 인질로 가 있던 세자가 호복을 입고 곡을 할까 염려되어 고려식의 상복을 입도록 권유한다. 능력을 인정받아 충렬왕 때는 우사간을 거쳐 충청도안렴사가 되나 강직한 성품 때문에 좌천되거나 파직을 당한다. 또다시 그는 충렬왕의 실정을 간언하다가 파직된다. 이후부터 그는 자신의 호를 '동안거사'라 하고 삼척 구동으로 들어가 당호를 도연명의 〈귀거래사〉 한 구절을 인용하여 용안당(容安堂)이라 하고 《제왕운기》와 《내전록》을 저술하였다.

그 뒤 충선왕의 부름을 받고 잠시 개혁정치에 동참하나 70세가 넘어서는 다시 야인으로 돌아와 장경(藏經)을 읽던 자신의 독서당인 용안당마저 간장사(看藏寺)라는 절로 만드는데, 절에는 출가한 둘째 아들인 담욱(曇昱)이 머문다.

바로 그 간장사가 오늘날 두타산 기슭에 자리 잡고 있는 천은사의 전신이라고 한다. 천은사에서는 매년 10월에 '이승휴 선생 다례제'를 거행한다고 하니 다인 이승휴의 정신이 끊어지지 않고 있는 셈이다.

가는 길 영동고속도로를 이용해 강릉으로 와서 다시 동해를 거쳐 삼척 시가지에 들면 바로 죽서루에 이른다.

작설차의 영묘한 공덕
헤아리기 어렵네

섬진강변의 화개에서는 작설차를 사투리로 '잭살차'라고 부른다. 그 잭살차는 우리가 아는 작설차와 다르다. 화개에 대대로 전해진 작설차는 차를 우렸을 때 황색이 나는 발효차이다. 그런데 작설차라는 단어가 최초로 나타난 시가 있으니 바로 운곡(耘谷) 원천석(元天錫: 1330~?)이 남긴 다시다. 나그네는 지금 운곡 선생이 말년에 은둔했던 원주 치악산으로 가고 있는 중이다.

운곡은 원주에서 태어나 고려 말 나라가 혼란스러워지자 치악산으로 숨어 들어가 부모를 봉양하며 생을 마친 분이다. 운곡이 남긴 다시는 이렇다.

그리운 서울 소식 숲 속의 집에 이르니
가는 풀에 새로 봉한 작설차라네
식후에 마시는 한 사발은 더욱 맛있고

취한 뒤의 세 사발은 더더욱 맛있다오

마른 창자 적신 곳에 찌꺼기 없고

병든 눈 맑아져 현기증이 없어지네

이 물건 영묘한 공덕 헤아리기 어렵고

시마(詩魔)가 다가오니 수마는 없어진다네.

惠然京信到林家 細草新封雀舌茶

食罷一甌偏有味 醉餘三椀最堪誇

枯腸潤處無查滓 病眼開時絶眩花

此物神功試莫測 詩魔近至睡魔賖

굳이 시 전문을 소개하는 것은 원천석이 마신 작설차와 화개 노인
들이 말하는 작설차에 일치하는 부분이 있어서다. 화개 사람들은 원
래 작설차를 기호식품으로 마시지 않고 속이 더부룩하거나 감기에
걸렸거나 체했을 때 상비약으로 마셨다고 한다. 운곡 선생의 시에도
취기를 가라앉히고 현기증을 없앤다 하고 있다. 나그네도 화개에서
생산하는 명경차를 장복하고 있는데 그 효험을 실제로 실감하고 있
는 편이다.

또 하나 일치하는 것은 사발에 우려 마신다는 점이다. 녹차처럼
작은 잔에 마시지 않고 발효차이기 때문에 사발로 마셨던 것이다.
그렇다면 발효차였던 작설차가 언제부터 지금 우리가 마시는 녹차

식후에 마시는 한 사발은 더욱 맛있고 취한 뒤의 세 사발은 더더욱 맛있다오. 마른 창자 적신 곳에 찌꺼기 없고 병든 눈 맑아져 현기증이 없어지네. 치악산 자락의 원천석 묘

로 변했을까 하는 의문이 남는다. 아마도 조선 중후기가 아닐까 싶은데, 다산이나 초의가 남긴 시문에 차를 달이는 구절이나 묘사를 보면 알 수 있다.

운곡은 일찍이 이방원(태종)을 가르친 적이 있어 태종이 즉위한 후 높은 벼슬을 받을 수 있었으나 불사이군을 내세워 번번이 거절하고 만다. 그가 치악산에서 출사하지 않은 것은 고려왕조에 대한 충의심 때문이었다. 그의 절개를 담은 회고시는 우리가 어린 시절에 교과서에서 배운 바 그대로다.

흥망이 유수하니 만월대도 추초로다
오백 년 왕업이 목적에 부쳤으니
석양에 지나는 객이 눈물겨워하노라.

그래도 태종은 운곡이 사는 치악산까지 찾아간다. 그러나 태종은 운곡을 만나지 못하고 대신 그의 아들 형(泂)을 기천(基川: 지금의 풍기) 현감으로 임명하고 돌아갔다고 전해진다. 태종이 운곡을 삼고 초려한 것을 보면 운곡의 학문과 인품이 절로 느껴진다. 전해지는 운곡의 시문은 대부분 충의심을 고양하는 내용들로 유명하다. 특히 운곡은 말년에 저술한 《야사》 6권을 자손에게 보이며 "이 책을 가묘에 갖추어두고 잘 지키도록 해라" 라고 유언했지만 증손대에 이르러 조선왕조를 거스르는 부분이 많았으므로 화가 두려워 불살라버렸다고 한다.

원주 시가지를 벗어나 치악산으로 들어가니 과연 운곡을 기리는 사당을 중심으로 왼편 골짜기에는 문중에서 건립한 시비가 있고, 오른쪽에는 고려국자진사원천석지묘(高麗國子進士元天錫之墓)라는 둔덕 같은 큰 무덤이 보인다. 묘비의 명문 중에 나그네의 눈길을 사로잡는 것은 고려국의 아들이라는 '고려국자(高麗國子)'이다. 자(子)라는 한 글자가 하늘이 내린 훈장처럼 눈부시다. 생전에 즐겨 마셨을 작설차 한 잔을 운곡 선생 무덤 앞에 올리지 못한 것이 송구스럽기 짝이 없다.

가는 길 원주나들목에서 시가지를 벗어나 치악산 황골 쪽으로 들어서 향로봉 가는 길의 5분 거리에 석경마을 입구가 있는데 거기서 8백 미터 거리에 운곡의 사당과 무덤이 있다.

오막살이 돌밭에서
차 마시며 살리라

이른 아침에 율곡(栗谷) 이이(李珥: 1536~1584)가 태어난 오죽헌(烏竹軒)으로 가본다. 보물 165호로 지정해서 관리하고 있는, 우리나라 민가 중에서 가장 오래된 주택이라고 한다. 검고 가는 오죽들이 학 다리처럼 늘씬하다. 바로 저 반듯한 집에서 율곡이 태어났다고 한다.

조선의 유생들은 율곡을 '해동의 공자'라고 불렀다. 그만큼 율곡에 이르러 조선의 성리학이 심화되고 주체적으로 수용됐던 것이다. 인조가 전국 향교에 비치하라고 명한 《격몽요결》의 부록 〈제의초(祭儀抄)〉에서 제례와 차례 때 차를 올리라고 말한 그의 풍모는 참으로 다양하다. 병조판서 때 선조에게 십만양병설을 경연석상에서 건의했고, 아홉 번이나 과거시험을 보았는데 매번 장원급제했고, 퇴계와 달리 이(理: 본질)와 기(氣: 현상)를 분리할 수 없다는 이기지묘(理氣之妙)를 주장했으며, 금강산에서 잠시 불교를 공부했던 독특한 경력 등이다.

율곡은 금강산에서 처음으로 차를 경험했다. 어머니(신사임당)를 16세 때 여의고 삼년상을 마친 뒤 19세 때 상심한 채 금강산으로 입산했던 것이다. 율곡의 말상대는 주로 스님들이었다. 율곡은 옹달샘에서 찻물을 긷던 산승 일학(一學)을 놀라게도 한다.

"대개 좋은 물이란 무거운 물입니다. 궂은 물은 흐리터분하니 무겁게 보이지만 사실은 좋은 물보다 가벼운 물입니다."

찻물로서 좋은 중수(重水)와 그렇지 못한 경수(輕水)를 말했던 것이리라. 율곡은 또 다른 산승과 이런 대화를 나누기도 한다. 주로 젊은 율곡이 묻고 노승이 답했다.

"공자와 석가모니 중에 어느 분이 성인입니까?"

"그대는 이 늙은이를 놀리지 마시오."

"불교는 유교를 벗어날 수 없습니다. 왜 유교를 버리고 불법을 구하는 것입니까?"

"유교에도 마음이 곧 부처라는 말이 있소?"

"색도 아니요 공도 아니라는 것은 무슨 경계입니까?"

"눈앞에 있는 경계지요."

"솔개가 날아 하늘에 이르고 고기가 못 속에 뛰노는 것이 색입니까, 공입니까?"

"색도 아니고 공도 아니오. 진리의 본체 그것이니 어찌 그런 시 구절을 가지고 비겨서 말할 수 있겠소?"

조선의 유생들은 율곡을 '해동의 공자'라고 불렀다.
그만큼 율곡에 이르러 조선의 성리학이 심화되고 주체적으로 수용됐던 것이다. 율곡 이이가 태어난 오죽헌

오막살이 돌밭 다시 가꾸어 차 마시며 한평생 가난 속에 자족하며 살리라.
학 다리처럼 검고 가는 오죽

"이름 지어 말할 수 있다면 그것은 벌써 현상 경계입니다. 어떻게 본체라 할 수 있습니까? 만일 그렇다고 하면 유교의 오묘한 진리는 말로써 전할 수 없는 것이고, 불교의 이치는 글자 밖에 있다고 말하지 못할 것입니다."

율곡이 노승과 깊은 얘기를 할 수 있었던 것은 금강산 입산 전에 봉은사로 가서 이미 이런저런 불경을 보았기 때문이었다. 율곡은 금강산에 머물면서 〈산중(山中)〉이란 다시를 남긴다.

약초 캐다 홀연히 길을 잃었네
봉우리마다 단풍 곱게 물들고
산승이 찻물 길어 돌아간 뒤
숲 너머 차 달이는 연기 피어오르네.
採藥忽迷路
千峰秋葉裏
山僧汲水歸
林末茶烟起

율곡은 산중 생활에서 익힌 차살림을 저잣거리에서도 잇는다. 석천(石川)에게 준 다시 '차솥(茶鼎)에 불기운은 남았으나/찻물 끓는 소리(솔바람 같은 소리)는 조용하고……' 등이나 이사평을 만나서 '차를 마시니 그나마 일도 없고/시를 이야기하다 선열(禪悅)에 드네'라고 읊조렸던 것을 보면 그의 차살림을 엿볼 수 있는 것이다. 훗날 관직에서 물러나 '나는 오막살이 돌밭 다시 가꾸어 차 마시며/한평생 가난 속에 자족하며 살리라'하고 귀향하는 마음을 노래한 그야말로 차와 벗할 만했던 무욕(無慾)의 다인이 아니었나 싶다.

가는 길 오죽헌은 강릉 시내에서 양양 방향으로 약 4킬로미터 떨어진 거리에 있다. 청량리역에서 강릉역까지는 기차를 타고, 오죽헌까지는 시내버스를 이용하면 된다.

차를 마시는 마음에
하늘과 구름이 어리네

이른 아침에 낙산사에서 나와 강릉 가는 길에 선교장(船橋莊)을 들른다. 선교장의 부속 건물이기도 한 다정(茶亭) 활래정(活來亭)을 보기 위해서다. 이른 아침이어선지 선교장에 든 사람은 나그네 일행뿐이다. 서울에서 교편을 잡았다는 친절한 자원봉사자가 안내를 자청한다. 남편을 따라 강릉에 정착했다며 활래정부터 해설한다. 봉사에서 우러난 말은 마음과 마음을 이어준다. 때마침 활래정에 비치는 아침 햇살이 봉사자의 마음처럼 곱다. 활래정이란 다정의 이름은 송나라 주자(朱子)의 〈관서유감(觀書有感)〉이란 시 구절에서 따온 것이라고 한다.

작은 연못이 거울처럼 펼쳐져
하늘과 구름이 함께 어리네
묻노니 어찌 그같이 맑은가
근원으로부터 끊임없이 내려오는 물이 있음일세(爲有源頭 活水
來).

느지막이 휘장 치고 동자 불러 차 한 잔 얻으니 난간에는 통소 부는 객이 있어 차향 속에 잠겨 있네.
다정(茶亭)인 활래정과 연못

활래정 연못의 근원은 선교장의 뒷산 태장봉이다. 태장봉의 계곡 물이 연못으로 흘러와 늘 맑음을 유지하고 있는 것이다. 이 물은 다시 경포호로 들어가는데, 오은거사(鰲隱居士) 이후(李垕: 1694~1761)가 활래란 말을 빌려온 이유는 수신(修身)을 이야기하고 있음일 터이다. 마음이 청정하여 거울처럼 되면 하늘과 구름이 오롯이 찾아드는 경지에 이른다는 의미가 아닐 것인가.

활래정은 창덕궁의 부용정을 모방한 것인데, 현재 남아 있는 조선의 다정 중에 유일한 것이라고 한다. 활래정 처마 밑에는 다녀간 시인 묵객들의 시들이 어지러울 만큼 즐비하게 붙어 있다. 추사 김정희로부터 시작하여 근세의 몽양 여운형까지 시화를 남기고 있다. 그중에서도 오천(烏川) 정희용(鄭熙鎔)의 칠언시는 당시 활래정에서 차를 마시며 풍류를 즐기던 조선 후기 선비들의 모습이 생생하다.

가지마다 밝은 꽃과 빽빽한 대나무 들어 있는데
주인은 작은 연못 속의 정자에 있네
구름이 걷히니 푸르름이 산봉우리에서 그림처럼 드러나고
비가 내린 후 붉은 꽃은 젖어서인지 온갖 풀이 향기롭구나
느지막이 휘장 치고 동자 불러 차 한 잔 얻으니
난간에는 퉁소 부는 객이 있어 차향 속에 잠겨 있네
그중에서 신선의 풍류 얻을 수 있으니
아홉 번이나 티끌세상이 헛되이 긴 줄 알겠구나.

동자가 차를 달여 나르는데, 다정의 난간에는 퉁소를 부는 객이 있고, 주인과 손님이 마주 앉아 정겨운 다담(茶談)을 나누고 있는 것이다. 활래정을 지은 이후는 강릉에 터를 잡아 선교장을 지은 효령대군의 11세손 무경(茂卿) 이내번(李乃蕃)의 손자인데, 벼슬길에 나아가지 않고 만석의 농토를 재력 삼아 풍류를 즐긴 은둔거사였다고 전해진다. 그의 풍류는 격조가 있어 한양의 선비들이 험준한 대관령을 넘어 선교장을 찾아왔는데, 특히 추사는 홍엽산거(紅葉山居)라는 편액과 병풍, 다시를 남기고 있다.

차를 마시는 전용공간인 다정이, 그것도 궁궐의 누각인 부용정을 본떠 만들어졌다는 것은 차문화의 전성기를 상징한다고 아니할 수 없다. 사실 활래정은 순조 16년(1816) 오은의 나이 46세에 지어졌으니 당시는 다산초당의 정약용, 일지암의 초의선사, 정조의 사위인 해거재 홍현주, 다시를 가장 많이 남긴 자하 신위 등등 쟁쟁한 다인들이 차를 주고받으며 차문화를 격조 있게 끌어올렸던 시대인 것이다.

나그네는 문득 창덕궁 부용정이 떠올라 쓴웃음을 짓고 만다. 언젠가 부용정을 관리하는 사람이 종교적 신념이었는지는 모르겠지만 연못의 연을 다 뽑아버렸다고 해서 법정 스님과 함께 비 오는 날 '현장 확인'에 나선 적이 있었던 것이다. 스님은 사실을 확인하고 어느 신문에 칼럼을 게재하여 곧 원상복구됐지만 연꽃이 무슨 죄가 있었는지 씁쓸하다. 문제의 인간이란 늘 편견을 버리지 못하는 사람이 아닐까. 차 한 잔에 편견을 버리는 것도 다인의 참모습이리라.

가는 길 강릉에서 양양 가는 국도를 타고 가다 오른쪽으로 꺾어 경포대 입구의 경포동 동사무소를 2분 정도 지나면 선교장에 다다른다.

우통수 샘물로
차를 달여 마시리

전남 장성군을 지나다 보면 고개가
갸웃거려진다. 장성군청에서 내건 광고판에 '홍길동의 고장'이라고
홍보하고 있기 때문이다. 홍길동이 실존인물인가 싶어 《조선왕조실
록》을 열람해보았더니 연산군에서 선조 때까지 '도적의 괴수'라는
내용으로 여섯 번이나 기록되어 있다. 장성군은 홍길동이 세종 22년
(1440)에 장성군 황룡면 아치실에서 태어났다고 소개하고 있다.

허균(許筠)이 실존했던 홍길동을 참고하여 《홍길동전》을 썼는지
도 모른다. 소설가는 사가들이 단죄한 인물을 변호하고 누명을 벗겨
주기도 하니까. 실록은 홍길동을 도적으로 몰지만 허균은 《홍길동
전》에서 의적으로 묘사했다. 지금 나그네는 허균이 오대산 우통수
(于筒水)의 물로 차를 달이고 싶다고 노래한 그의 다시를 떠올리며
산길을 오르고 있다.

물러서고자 해도 성은 때문에 해 넘겨 미루다가

봄 지난 수풀의 꽃은 병든 눈을 닦아주고 비 개인 뒤 산새들은 그윽한 잠을 청하네. 차단지에 달인 차로 소
갈증을 낫고 싶지만 어찌 으뜸으로 치는 우통의 샘물을 얻으랴. 남한강의 발원지 우통수

쇠약해진 나이에 유배살이 할 줄 누가 알았으리
헐뜯는 말일랑 저들 스스로 꾸미게 맡겨두자꾸나
마음의 흔적이나마 내 짝들은 너그러이 받아들이리라
봄 지난 수풀의 꽃은 병든 눈을 닦아주고
비 개인 뒤 산새들은 그윽한 잠을 청하네
차단지에 달인 차로 소갈증을 낫고 싶지만
어찌 으뜸으로 치는 우통의 샘물을 얻으랴.

欲退御恩歲屢延 誰知遷謫在衰年
謗議自任仇人造 心跡纔容我輩寬
春後林花揩病眼 雨後山鳥喚幽眠
茶甌瀹茗蠲消渴 安得于筒第一泉

　우통수는 남한강의 발원지인데, 다천(茶泉)의 성지로서 다인들의
발길이 잦은 샘이다. 우통수에 대한 기록은 조선 초 문신 권근의 〈오
대산 서대 수정암 중창기〉와 《신증동국여지승람》, 이중환의 《택리
지》에도 보인다. 여기서 수정암이란 상원사의 1인선방인 염불암을
말한다. 나그네가 지금 찾아가고 있는 우통수는 염불암 입구에 있다.
　허균은 조선 선조 2년(1569)에 명문가에서 태어난다. 아버지는 서
경덕의 제자로서 동지중추부사를 지낸 엽(曄)이고, 임진왜란 직전
일본통신사 서장관으로 다녀온 성(筬)이 이복형이고, 봉(篈)과 난설

헌(蘭雪軒)은 동복형제였다.

허균은 9세 때 시를 지을 줄 알았으며 학문은 유성룡에게 나아가 배웠고, 시는 이달에게 익혔다. 그는 문과 중시(重試)에 장원하여 이듬해 황해도 도사(都事)가 되지만 기생을 가까이하여 탄핵을 받아 파직되고 만다. 곧 복관하지만 수안군수 때 불상을 봉안하고 아침저녁으로 예불한다는 탄핵을 받아 또다시 관직에서 물러난다. 그러나 그는 명나라 사신을 영접하는 종사관이 되어 글재주와 막힘없는 학식으로 이름을 떨친다. 이에 다시 삼척부사가 되나 또다시 불교를 믿는다는 감찰을 받아 파직되어 부안으로 내려가 기생 계생(桂生)과 천민 출신 시인 유희경(柳希慶)과 교분을 나눈다. 이때 호남지방의 의적 홍길동의 애기를 전해 듣지 않았을까 싶지만 정확한 고증은 사학자에게 기대할 수밖에 없다.

이후에도 그는 몇 번의 복관과 파직을 거듭하다 결국에는 역적모의했다는 죄명으로 그의 동료들과 함께 저잣거리에서 능지처참을 당한다. 그의 생애를 통해 볼 때 그는 제도권보다는 그것을 거부하는 자유인의 기질이 강했던 인물임에 틀림없다. 그의 학문과 재주를 인정하여 조정에서는 번번이 복관을 시키지만, 그는 주어진 제도권에 적응하지 못하고 끊임없이 일탈해 살았던 것이다. 자신의 꿈을 펼치고자 이이첨 같은 권세가에게 붙어 아부도 하고, 유교국가에서 감히 불교를 신봉하는가 하면 양반들이 멸시하는 서류 출신이나 천

현실과 상상의 경계가 안개처럼 모호했던 허균이 차를 달이고 싶어했던 샘물. 이 샘물이 한 방울 흘러 한강이 된다.
상원사의 1인선방 염불암

민, 기생과 어울렸던 것이 그 예이다.

우통수에 이르러 물 한 모금으로 산길을 올라오느라 거칠어진 숨을 고른다. 현실과 상상의 경계가 안개처럼 모호했던 허균이 차를 달이고 싶어했던 샘물이다. 이 샘물이 한 방울 흘러 한강이 된다. 나그네는 지난해 이 샘물로 너와집 암자 염불암의 선승과 함께 차 한 잔 대신 점심 공양 때가 되어 국수를 끓여먹은 적이 있다. 우통수의 물로 차를 달여 마시고 싶다는 허균을 생각하며.

가는 길 영동고속도로에서 진부나들목으로 나와 전나무 가로수 길로 직진하면 월정사, 상원사에 이른다. 상원사에서 우통수와 염불암은 2.8킬로미터 떨어진 거리에 있다.

중국에 신라 차를
전해준 '차의 부처'

중국의 4대 불교명산 중 하나인 구

화산을 다녀온 일이 있다. 단순한 명산 순례가 아니라 신라 왕족 신

분으로 구화산에 들어가 고행정진 끝에 지장보살이 된 스님의 행적

을 밟아보기 위해서였다. 확인해보니 구화산은 스님의 발원에 의해

지장신앙의 성지로 성역화되어 있었다.

지장(地藏) 스님이 신라에서 가져간 금지차(金地茶)가 1천2백여

년이 지난 지금도 지장불차(地藏佛茶) 혹은 구화산차(九華山茶)로

제다, 판매되고 있었고, 구화산이 지장신앙과 차의 성지로 불릴 만

큼 구화가(九華街)의 상점마다 '지장보살'을 외는 스피커의 창불

(唱佛) 소리와 차 상품으로 넘쳐나는 것이 나그네의 눈에도 비쳤다.

시선 이백이 54세(754) 때 구화산에 들러 60세로 노승이 된 지장 스

님을 찬탄한 시도 전해지고 있었다.

석가모니 부처님 열반에 들어 해와 달이 부서지고

오직 부처의 지혜만이 생과 사의 빛을 씻는다네
보살의 대자대비 끝없는 고해에서 구해줄 수 있나니
홀로 오랜 겁을 지내며 중생을 구해주는데
이 모든 것이 지장보살의 자비라네.
大雄掩照日月崩落
唯佛智慧大而光生死雪
賴假普慈力能救無邊苦
獨出曠劫得開橫流
爲地藏菩薩爲當仁矣

나그네가 지장 스님에게 관심을 가졌던 것은 그분이 우리나라 최초의 다시를 남긴 분이자, 오언율시의 운율을 갖춘 우리나라 최고(最古)의 한시(漢詩)를 지은 분이기 때문이었다. 중국의《전당시(全唐詩)》에 스님의 〈동자를 산 아래로 보내며(送童子下山)〉란 제목의 시가 수록되어 있다.

암자가 적막하니 너는 부모 생각나겠지
정든 절을 떠나 구화산을 내려가는 동자여
난간을 따라 죽마 타기 좋아했고
땅바닥에 앉아 금모래를 모았었지

냇물로 병을 채우려 달 부르던 일

단지에 찻물 끓이며 하던 장난도 그만두었네

잘 가라, 부디 눈물일랑 흘리지 말고

늙은 나야 벗 삼는 안개와 노을이 있느니라.

空門寂寞汝思家　禮別雲房下九華

愛向竹欄騎竹馬　懶於金地聚金砂

瓶添澗底休招月　烹茗甌中罷弄花

好去不須頻下淚　老僧相伴有煙霞

　노승이란 시를 지은 지장 스님이고, 동자는 아마도 절에서 잔심부름하던 다동(茶童)일 것이다. 지장 스님이 구화산에 창건한 화성사는 당나라 때만 해도 깊은 산중이어서 몹시 적적했나 보다. 스님은 동자 대신 '안개와 노을을 벗하리라' 고 읊조리고 있다.

　지장 스님의 행장은 특이하게도 《삼국사기》나 《삼국유사》에 단 한 줄의 기록도 없으나 중국의 《송고승전(宋高僧傳)》이나 《신승전(神僧傳)》에는 나온다. 지장 스님과 동시대 사람이자 구화산에서 어린 시절을 보낸 비관경(費冠卿)의 〈구화산 창건 화성사기〉에도 지장 스님의 행장이 보인다. 여러 사료 중에서 지장 스님 사후 20년쯤에 기록한 비관경의 글이 가장 신뢰할 수 있는 행장이 아닐까 싶다. 구화산에서 발행한 중국 책을 보면 지장 스님에 대한 소개가 대부분

자신이 가꾼 차를 마시며 고행정진하여 마침내 등신불이 되었으니 지장 스님이야말로 차의 부처가 아닐 것인가.
신라시대부터 수행자들의 성지가 된 오대산 월정사의 부도들

이렇게 나와 있다.

'지장은 신라 성덕왕의 맏아들로 신라 효소왕 5년(696)에 태어났고, 이름은 김수충(金守忠)인데 그는 18세에 당 현종 때 인질의 성격을 띤 유학생인 숙위(宿衛)로 떠났다가 어머니 성정왕후가 폐비가 되어 출궁당했다는 소식을 듣고 3년 만에 귀국한다. 국내로 돌아온 김수충은 왕자의 신분을 박탈당한 채 왕도의 무상함을 느끼고 삭발 출가한다.

김수충은 신라 절에서 지장이라는 법명을 받은 뒤, 왕실에서 키우던 선청(혹은 제청)이란 흰 개를 데리고 성덕왕 19년(720) 24세 때 다시 바다를 건너 중국의 명산을 찾아다니다 당 지덕(至德) 연간 신라 경덕왕 때 구화산에 이른다. 고행 끝에 구화산 전체를 지장신앙의 성지로 일구고 당 정원(貞元) 10년, 신라 원성왕 10년(794) 음력 7월 30일에 99세로 열반에 든다. 석함(石函)에 안장된 지장은 3년이 지났으나 생전의 모습 그대로 등신불이 되어 중국인들에게 지장왕보살로 추앙받으며 구화산을 중국의 4대 불교명산으로 이름나게 하고 오늘날에도 해마다 70여만 명 정도의 참배를 받고 있다.'

지장 스님이 출가한 곳은 오대산이 아닐까 추정해본다.《삼국유사》에 신문왕(성덕왕의 아버지)은 첫째 아들 효소, 둘째 아들 보천(보질도), 셋째 아들 효명이 있었다고 나오는데, 보천이 왕자 시절에 피신해 숨었던 오대산으로 출가했다는 기록이 있을 뿐만 아니라 성덕왕은 오대산에 진여원(眞如院)을 지은 후 신하를 데리고 참배하기도 한다.

이런 분위기 속에서 당시 신라인들은 출가하면 당연히 문수보살과 지장보살이 상주하는 오대산으로 먼저 들어가 수행하는 것이 관행이었는데, 그것은 일찍이 자장율사가 부처의 진신사리를 신령한 오대산 산자락에 안치하면서 비롯되었던 것이다.

신라의 삽살개를 데리고 간 스님이 고행한 동굴은 구화산 노호동(老虎洞)이다. 스님은 불법을 전해주는 데 그치지 않고 신라에서 금지차와 황립도(黃粒稻), 그리고 오차송(소나무 일종)의 씨를 가지고 와 구화산에 퍼뜨렸다고 한다. 그래서 이백은 구화산에 들러 그곳의 사람들로부터 지장 스님의 명성을 전해 듣고 〈지장보살찬〉을 짓지 않았을까 싶다.

자신이 가꾼 차를 마시며 고행정진하여 마침내 등신불이 되었으니 지장 스님이야말로 '차의 부처' 다불(茶佛)이 아닐 것인가. 우리나라의 다맥(茶脈)은 지장 스님으로부터 비롯되었다고 해도 지나친 말은 아니라고 믿는다.

구화산에 들렀을 때 한 노승으로부터 들은 얘기가 지금도 잊혀지지 않는다.

"중생을 모두 구제한 후에 성불하겠다고 원을 세우신 분이 지장보살입니다. 지장신앙이야말로 미래의 인류를 구제할 수 있는 유일한

중생을 모두 구제한 후에 성불하겠다고 원을 세우신 분이 지장보살입니다. 지장신앙이야말로 미래의 인류를 구제할 수 있는 유일한 희망입니다. 중국으로 건너간 지장법사가 수행했던 구화산 노호동 동굴

희망입니다. 그런 의미에서 우리 모두는 지장보살이 되어야 합니다. 일찍이 신라 왕자 김지장 스님은 그것을 우리에게 보여주신 보살입니다."

가는 길 인천국제공항에서 남경으로 간 뒤, 안휘성 무호시까지는 버스를 이용하고 무호시에서 구화산까지는 승용차를 타는 것이 가장 빠르다.

정찬주의 茶人기행

1판 1쇄 발행 2006년 5월 31일
1판 3쇄 발행 2006년 7월 12일
2판 1쇄 발행 2016년 7월 25일
2판 2쇄 발행 2017년 4월 20일

지은이 정찬주
찍은이 유동영
그린이 송영방

발행인 정중모
발행처 도서출판 열림원
출판등록 1980년 5월 19일 제406-2000-000204호
주소 경기도 파주시 회동길 121 (문발동)

전화 031-955-0700 팩스 031-955-0661~2
홈페이지 www.yolimwon.com
전자우편 editor@yolimwon.com
페이스북 /yolimwon

ISBN 978-89-7063-968-0 03810 © 정찬주, 2006, 2016